dear+ novel
kokoro wo hanbun nokoshitamamadeiru

心を半分残したままでいる 1

砂原糖子

新書館ディアプラス文庫

心を半分残したままでいる　1

contents

illustration：葛西リカコ

[心を半分残したままでいる]

Kokoro wo hanbun nokoshita mamade iru

act 1

ふとした瞬間に考える。

僕はどこから始まったのだろう。

僕という意識はいつ始まり、いつ終わり、何度僕を繰り返していくのだろう。

一年半ほど前、僕は新しい『僕』を始めた。

◇◇◇

喫茶『カナリー』は、週に二、三日のペースで静良井真文《しずらいまさふみ》の通う店だ。

家から徒歩で二十分と、けして近くはない距離だけれど、雰囲気の良さとコーヒーの美味《おい》しさに惹《ひ》かれて行きつけになった。

住宅地の高台にあり、窓からの景色も悪くない。眼下の駅を中心とした繁華街のずっと先には横浜の海も望める。

初めてこの店を訪れたのは初夏だった。力強く白波を立てる海を傍で見るよりも、静良井は格子の窓越しに僅《わず》かばかり覗く遠い青に心惹かれた。肌寒い三月の終わりの今は、結露《けつろ》した曇《くも》りガラス越しにぼんやりと滲《にじ》んで見える。

店は異国情緒のある小さな洋館で、相当に古い建物のようだ。手入れが行き届いていて、くたびれた感じはない。レトロな空気を醸《かも》し出し、なんとも佇《たたず》まいが上品だった。

喫茶店という響きがよく合う。

白ではないフレンチバニラの壁に、セージグリーンの窓枠。淡いグリーンは見ようによっては水色にも見える。テーブルや板床は黒っぽいダークブラウンで、ほどよい落ち着きが心地いい。

昔、この辺りでは洋風建築が盛んだったという。一つだけぽつりと残って朽《く》ちるに任されていた空家が、修復してこの店になったと、前に客の会話から漏れ聞こえてきた。

二階建てで、一階部分が喫茶店だ。

二階は店主の住居だろう。二十代半《なか》ばのマスターと呼ぶにはまだ若い男で、アイロンと糊《のり》の効いたグレーのシャツと黒のスラックスを、制服のように身に着けている。

背は高い。すらりとしているが、長身に見合った男らしい体軀《たいく》で、すっきりと後方に流された張りのある髪は漆黒《しっこく》。よく耳に馴染む低音の声をいつも響かせる。

「いらっしゃいませ」

静良井が窓際の席に着くと、今日もお冷やをタイミングよく運んできた。

実際、合わせているのだろう。さっと座る夏も、上着を脱ぐのにもたつく冬も、声のタイミングは同じだ。

「オリジナルブレンドのホットを。ミルクはなしで、お願いします」

メニューを手に取らない静良井の注文はお決まりだった。ランチタイムならサンドセットにすることもあるが、今は午後三時だ。

流れるように告げれば、男は「かしこまりました」と応える。単純計算で百回ほど繰り返しているやり取りにも、その口から『いつもの』という言葉が飛び出すことはない。

べつに常連顔をしたいわけではないけれど、この店の少し残念なところだ。

いくらなんでも十ヵ月も通っていれば普通は覚えるだろう。穏やかな物腰で不躾《ぶしつけ》な感じこそないものの、会話は必要最低限。男の接客は初めて店に来た一見《いちげん》客でも相手にしているようで、中身は実はロボットだと言われても納得する。

「こんにちは～。今日も冷えますねぇ。もう桜が咲き始めたなんて信じられないですよ～」

フロアを過《よ》ぎりながら声をかけてくるバイトのほうが格段に愛想がいいので、余計にそう感じるのかもしれない。

店員はマスターとバイトが一人。バイトは駅一つ離れたところに住む二十歳のフリーターで、最近流行《はや》りだというシェアハウスに住み、店へは原付バイクで通っている。本人がそう自己申告してきた。

大きな口で、よく喋《しゃべ》る男だ。

「今日もお仕事ですか～？」

静良井がショルダーバッグからノートパソコンを取り出せば問う。

「えっ？」

「パソコンを時々使ってるから、そうなのかなと思って。違ってたら、すみません」

「あ、いや、まぁ……文を書く仕事ではあるけど……」

「やっぱり！　もしかして、小説家とかですか⁉」

「ちっ、違いますよ。ただのライターです。カフェ紹介の」

静良井は慌てて否定しようとして、ぽろりと告げた。

ちょっとした見栄が働いてしまった。現状は月に一、二本書いて僅かな報酬を貰《もら》っているだけのライターで、職業として名乗るのもおこがましい。

きっかけは身元探しだった。

ほかでもない、自分の身元だ。

静良井には過去の記憶がない。一年半ほど前、道端で転倒したらしく記憶障害に陥《おちい》った。打ち所が悪く意識を失い、幸い命に別状はなかったものの、運び込まれた病院で目覚めるとあるはずの記憶がなかった。いわゆる『記憶喪失』だ。

慣れるまで、鏡の中の自分さえも他人に思えた。

身長は平均よりやや高いくらいの痩《や》せ型。明らかに日本人ながら、髪色や目の色はブラウンがかっている。顔立ちは整っているほう。けれど、どことなく薄幸《はっこう》そうなのは、男にしては白すぎる肌色や、こちらを見返す冴《さ》えない眼差しのせいかもしれない。

記憶がないのに、陽気な顔をしているはずもないけれど。

静良井真文。二十七歳。コーヒーが好きで、趣味は路地裏のカフェ巡《めぐ》り。

それらの情報は、自分の頭の中からではなく、アナログにも日々の雑記を綴《つづ》ったノートから知った。

幸いと言おうか、転んだのは一人暮らしの自宅前だった。

家は判《わか》るが、自分がどういう人間だか判らない。

ヒントのように間接的な情報ばかりちりばめられたノートを頼りに、縁のありそうな場所を回った。自然と数多く訪ね歩いたのは、趣味だったらしいカフェだ。書き留めた感想を、ライター募集の記事を偶然目にした雑誌に送ったのがきっかけで、見栄でも『仕事』と呼べるものができた。

「ライターさんかぁ！　どこの雑誌ですか？　本屋で売ってます？」

親しみと馴れ馴れしさの境界は難しい。

店員が客のプライベートに踏み込むのはどうかと思うけれど、マイナーな雑誌が売れるものならと誌名を教えた。

「お待たせしました」

そうこうするうちに、マスターの男がコーヒーを運んでくる。相変わらず所作は丁寧で申し分なく、笑顔のほうは乏《とぼ》しい。

――二人を足して二で割れたら、ちょうどいいだろうに。

そんな感想を抱きつつ、カップを口に運ぶ。

一口飲んで、内心唸《うな》った。

美味しい。それこそ百回ほど飲んでいるコーヒーなのに、素直にそう感じてしまい敗北感すら覚えた。マスターの愛想には不満を抱きつつも、行きつけにしている理由だ。

中身がロボットだなんていうのも、撤回せざるを得ない。至福の一杯は、豆選びからドリップまで人間が手間を惜《お》しまずかけて生まれるものだ。

この店のコーヒーの基本はマスターの手挽《てび》きで、注文ごとに挽いている。満席になることもない、ゆったりとした店だからこそできる贅沢《ぜいたく》だ。

ブレンドコーヒーのメニューは、通常のブレンドとオリジナルブレンドの二種類。どちらも店のオリジナルに違いないのに、名前を分けるにはそれなりの理由があるのだろう。

実際、『ブレンド』は万人《ばんにん》受けする味わいなのに対し、『オリジナル』のほうは少々癖がある。

しかし、静良井の好みにはピタリと嵌《はま》って注文の定番になった。

マスターの若さが味に出ているのかもしれない。

カウンターに戻った男は、追加注文で入ったアレンジコーヒーを作り始めた。奥の広いテーブル席にいる女性三人は、ときどき見かける顔ぶれだ。マスターのほうをチラチラと見ては、よく何事か囁き合っている。

周辺のマダムを和《なご》ませているのはどうやらコーヒーだけではなく、寡黙《かもく》な若いマスターのルックスもあるらしい。

たしかに端整な顔をしている。俯《うつむ》き加減にコーヒーを淹《い》れる横顔は高い鼻が際立ち、眦《まなじり》の切れ上がった目元はクールにも映る。

「そうだ、今度ここも紹介してくださいよ！」

不意に響いたバイトの男の声に、静良井はビクリとなった。

「え？」

「カフェを紹介する記事を書かれてるんでしょう？　ここも載せてもらえたら、もっと繁盛《はんじょう》するんじゃないかなって」

「この店を……いや、それはちょっと」

「あ、喫茶店だからですか？　カフェと喫茶店ってやっぱ扱い違うんですかね？」

「同じですよ」

厳密には違うが、言葉としては今は曖昧《あいまい》に使われている。

「だったら、ぜひ！」

「でも……」

「そういうのはご迷惑じゃないかな」

静良井が困惑して言葉を濁《にご》していると、話を聞いていないかに思えたカウンター内の男が、珍しく口を挟んだ。

「あ……そうっすね。頼み込んで載せてもらおうなんてダメですよね」

窘《たしな》められたバイトは、しょんぼりしつつも理解を示す。

「失礼しました」

「……いえ」

目が合ったマスターに詫《わ》びられ、話はあっさりと終息したが、静良井はひどく気まずい思いだった。

反応が鈍《にぶ》ったのは、紹介するに値《あたい》しない店だからではない。けれど、そう判断したと思われたに違いなかった。

弁解しようにもチャンスはない。気軽に話しかけづらいという意味で、マスターの口数の少なさを不便だと感じたのは初めてだった。


「ありがとうございました」

気まずさを残したまま、いつもの声に背中を押されるようにして店を出る。

途端に冷たい風が吹きつけてきた。

気に入りの店だが、マスターの愛想以外にもう一つ苦手なのは、坂道を吹き上げるこの風だ。

海を渡ってくる風は、一気に体感温度を下げる。

桜の開花宣言が出たとは思えない、いつもどおりの冷えた眺め。まだ咲き始めだからか、街の景色にそれらしい色づきもない。

静良井は手袋を嵌《は》めるとコートの身を縮《ちぢ》ませ、坂を転がるように下りた。途中の十字路でつい俯き加減になるのは、寒さのせいではなく掲示板が目に入るからだ。

小さな派出所の、小さな掲示板。毎月の防犯情報とともに、指名手配犯のポスターが貼られている。

『放火強盗犯』とインパクトのある黒いゴシック文字。画像は不鮮明だが、顔立ちや背格好がどことなく自分に似ている気がして、見る度《たび》にドキリとなる。

髪型やシルエットが似ているだけだろう。

まさかと思いながらも、普通の人のように他人の空似と笑い飛ばせないのが静良井の弱点だ。

記憶がなければ、自分の人間性にも確証が持てない。

善人なのか、悪人なのか。

剝き出しの古い掲示板。ピンが一本外れたらしく、ポスターは風にバサバサと揺れていた。躍《おど》るゴシック文字に、『いっそ飛んでいってくれればいいのに』と罪のない妄想を抱きつつ、坂を下りきる。

静良井の家は国道の向こう側にあった。

歩道橋を渡って、また十分ほど歩いたところにある集合住宅だ。

極普通の二階建ての安っぽいアパートは、取り立てて特徴もないところが特徴というくらい、周囲に馴染んで埋没《まいぼつ》していた。

急に取り壊しになっても、誰も微妙に変わった景色の理由に気づかない。そんな自分自身のような住まいだ。

「ああ、静良井さん」

一階の端の部屋に入ろうとすると、角を曲がってきた老人に声をかけられた。

一人と一匹。小型の茶色い雑種犬は、静良井を見るとワンと吠《ほ》えた。威嚇《いかく》というより挨拶《あいさつ》といったひと吠えで、尻尾《しっぽ》も緩《ゆる》く左右に振っている。

主人が目をかけている人間と思っているのだろう。一年半前、アパートの前で静良井が倒れているところに通りかかり、救急車を呼んだりしてくれたのが犬の散歩中のこの老人だった。

おかげで記憶が戻らずとも、自分が同じアパートの一階の端の部屋に引っ越してきた住民であると知ることができた。

「どうも、こんにちは」

静良井は笑み、軽く頭を下げる。「今日も冷えますね」なんて、当たり障《さわ》りのない会話をしてから、犬の頭を一撫でして別れた。

侘《わび》しいのか、そうでないのかすらも判らない一人暮らしの部屋に引っ込む。

今でこそそれなりに整っているけれど、記憶を失って最初に戻った見知らぬ部屋は、雑然としていた。無造作に段ボール箱が積まれ、生活感もなく、たしかに越してきたばかりのようだった。

押入れの一角だけが、やけに整えられていた。本がしっかりと並んだ小さなキャスター付きの棚があり、その裏に隠すようにボストンバッグがあった。

衣類に埋もれて入っていたのは、真新しく見える一冊の預金通帳だ。

『静良井真文』名義で三千万円。一度に振り込まれており、暗証番号と共に『自分のお金』と走り書きしたメモが添えられていた。万が一の記憶喪失に備えて書いたのだろう。

日記によれば、記憶障害はこれが初めてではないらしい。六年ほど前の二十一歳のときにも記憶を失くしており、その頃の日記にもまた過去の記憶を失くした経験について触れられていた。

一体自分は何度記憶を失っているのか。

通帳の大金についての詳細は判らない。

ただ、とても急いでいたらしいことだけは判った。

逃亡者でもあるかのように。

ひっそりとした1Kのアパートも、懐《ふところ》に余裕のある人間の住みたがる物件には思えない。確認してみれば今時管理会社の入っていないアパートで、保証人がいらない代わりに家賃は一年分前払いされていた。

払ったのはもちろん自分だ。

マフラーを外し、コートを脱いで着替える静良井は、誰もいない部屋で溜め息をつく。

ベージュのコーデュロイのパンツを脱ぐと現れる、右足の大きな火傷痕《やけどあと》。まるで足元から炎の舌がじりじりと舐《な》めて上ったかのように、醜《みにく》く引《ひ》き攣《つ》れた痕は、脹脛《ふくらはぎ》にかけて残っていた。

――こんなものがなければ、もっと堂々としていられただろうに。

おかげであんなポスターが頭をよぎる。

自分は一体なんなのか。本当に静良井真文という人間なのか。どこから来て、どうしてここにいるのか。

知りたいと思うと同時に、知るのを恐れた。恐れのほうがやや上回っていたのかもしれない。

自分自身に対し疑心暗鬼になる静良井は、積極的に警察を頼るのを躊躇《ためら》った。

まずは自《みずか》らの手で調べてみようと方々を回るうち、真っさらだった頭にも新たな記憶が積み重なり、『今の自分』という意識が生み出された。

今日はそこへ、『ほとんど無職のくせして、ライターを気取る見栄っ張り』という項目も加わった。

部屋着の紺《こん》のパーカートレーナーを頭から被《かぶ》る間際、静良井は無意識に胸元に手を伸ばす。

指先に触れたチェーンを手繰《たぐ》り、首から下げたものを確かめた。目立つ赤い色のスティック型のＵＳＢメモリは、次の『いざ』というときのために用意し、肌身離さず身につけるようになったものだ。

以前の自分の詰めが甘いせいで、身元も判らずこうなった。

記憶障害が起こりやすい体だというのなら、できうる限りの備えは必要だろう。

紙のノートではすべてを持ち歩くのが困難だけれど、データなら膨大《ぼうだい》になろうと身につけていられる。

USBには住所はもちろん、判りうる自分に関わることのすべてを収めている。いわば、『今の自分』をリカバリーするための再生ディスクのようなものだ。

なんて大げさで、更新し続けているのは面白味もない暮らしを綴った日記くらいだ。

壁際の引き出しもないシンプルな机に向かう静良井は、バッグから取り出したパソコンを開こうとして、ふとブックスタンドのノートを一冊抜いた。

以前の自分が綴った日記。三冊ある。日記帳というほど大げさなものでもなく、極ありふれたシンプルなリングノートだ。

日記といっても飛び飛びで、書いていない日のほうが多い。週記帳といったところか。字を書くのはあまり好きではなかったのかもしれない。

記憶を失った二〇一五年。

二年前の春のページを静良井は開いた。

花見に行った記述がある。公園の桜並木の中に、一本だけ枝垂《しだ》れ桜《ざくら》のある有名なスポットで、連れの男の希望で、混雑の中を並んでまで写真を撮ったらしい。

咲き終わりの時期だったのだろう。風が吹く度に桜吹雪《さくらふぶき》で頭が花びらだらけになったと、ぼやきのように書かれていた。

いや、ぼやきではなく前置きだったのか。

あるいは、照れ隠しだったのかもしれない。

『「ありがとう」って言ったけど、Mにはやっぱり伝わらなかったみたいだ。頭の花びらを取ってくれたことじゃなかったのにね。

いつもそばにいてくれてありがとう。

僕を支えてくれてありがとう。

一枚ずつ、桜の花びらを取ってくれる度に思ったよ。これが愛《いと》しいって気持ちなのかな。Mの言う、人を愛しいと感じる気持ち。

不完全な僕に教えてくれてありがとう。

僕もあなたを愛しています。』


夜、夕飯を買いに出た。

繰り返すシンプルな毎日。昨日と今日をひっくり返しても、なんなら先月と今月をそっくり交換しても、支障がないほど静良井の日々は味気ない。

食事は自炊もするけれど、今日は弁当にした。閉店間際で半額で購入することができ、小さな達成感を胸に駅前の通りを歩く。

大きくもない繁華街だが、家の近所に比べれば光に溢れており、歩道を歩く人の楽しげな声も加わり眩《まぶ》しいほどだ。

夜は一層《いっそう》冷え込む。肩をすくませた静良井は自然と俯き、そのまま交差点の歩道橋を渡り始めた。足元をスピードを上げた車が何台も行き過ぎ、眩しいヘッドライトが光の川の流れのようだ。

ふと、視線を感じた気がした。

反対側の階段から若い男が上ってきている。黒いジーンズに黒いレザーのブルゾン。夜に馴《な》染《じ》んだかのような色の服装にもかかわらず、パッと目を引くのは背が高いからだ。

男はこちらを見てはいなかった。けれど、階段の降り口ですれ違いながら確認した顔には確かな見覚えがあった。

初めてだ。この街で——いや、どこにいても、覚えのある人を見かけたことなどない。

ドキリと心臓が大きく弾《はず》んだ。

知り合いかもしれない人物。

喜びというより、動揺だった。突風のように一瞬にして体を駆け抜け、静良井は男のほうを

勢いよく振り返り見ようとして情けない声を上げた。

「わっ……」

ズッと足元が滑《すべ》った。この歩道橋は、雨の日などひやりとするくらい金属製の縁《へり》が滑りやすい。

足元を掬《すく》われた体は呆気《あっけ》なく後方に傾《かし》ぎ、自らの意思とは関係なしに頭上を高く仰《あお》いだ。

厚い雲に覆《おお》われてもなお輝こうとする月が、ぼんやり光る。

赤い色が目の前を掠《かす》めた。出がけにデータを更新し、慌てて首から下げ直したＵＳＢだ。宙を弾むように舞い、藁《わら》をも摑《つか》む思いでそれを摑んだ静良井は、階段を落ちる自分を想像した。

鈍い音と身を強打する痛みと、それから――

頭によぎった衝撃はなかった。打ったのは腰だけだ。頭は冷たい金属でも硬いコンクリートでもないなにかに受け止められ、代わりに声が後方から響いた。

「大丈夫ですかっ？」

「あ……」

すれ違った男だ。

支え起こされ、咄嗟《とっさ》に手を差し伸べて助けてくれたのだと判った。

呆然とした静良井は、慌てて礼を言う。

「あ、ありがとうございます。大丈夫です」

いくら反射神経がよくとも、飛びついてくれなければ間に合わなかっただろう。

屈《かが》んだ男の手元を見ると、手の甲に赤く滲む色に気がついた。

「血が……すっ、すみません、怪我をっ！」

階段に擦《こす》りつけたに違いない。

「ちょっと擦っただけです」

「でもっ！」

ひどく動揺して周囲を見回し、交差点の角に薬局があるのを思い出した。まだたぶん開いている。

狼狽《うろた》える静良井に、男は焦《あせ》りよりもむしろ安堵したような声で言う。

「これくらい平気ですよ。家はすぐ近くですから……って、ご存知ですね」

そう言われて、初めて見覚えのある理由に気がついた。耳に馴染む声にも聞き覚えがある。

今日も昼間行ったばかりの店、喫茶『カナリー』のマスターだ。

どうしてすぐに判らなかったのだろう。

店で見る姿とは違っていた。年相応のラフな服装に惑わされ、既視感《きしかん》だけが頭を占めた。

「と、とにかく、絆創膏《ばんそうこう》かなにか買ってきますから。ここで待っていてもらえますか？」

近くだろうと、人に怪我をさせて『じゃあ』と帰る気にはなれない。

静良井は男が戸惑いながらも頷いたのを見届けると、薬局へ急いだ。

絆創膏と消毒液を購入して戻ると、男は飼い主を待つ犬のように少しも動かず、寒空の下の歩道橋に所在なさげに立っていた。さほど時間はかからなかったはずだが、待たせるのも申し訳なかったかという気持ちになる。

「本当にすみません」

その場で手当てを始めた。

傷はたしかに深くはないようで、血ももう止まっていていてホッとする。外気にさらされていても、やけに温かい大きな手だ。自分の手がいつも冷たすぎるのかもしれない。

「こちらこそ、なんか気を遣わせてすみません」

「いや、助かりました。うっかりしてしまって……」

「あの、それはなんですか?」

「え?」

されるがままに手を差し出している男は、不意に問う。歩道橋の上で他人に絆創膏を貼ってもらうというおかしな事態に、普段の無口なままではいられなくなったのか。

「その、赤いの。さっき握ってたから、気になって……」

注視しているのは、静良井の首に下がったUSBだった。丈夫なステンレス製で、薄く平らな四角いそれは、一見してアクセサリーのようにも映る。

「ああ、これはその……命綱です」

何故急にそんな風に答えたのか、自分でも判らなかった。

「命綱？」

「僕の分身というか、まぁただの日記帳なんですけどね。なにかあっても大丈夫なように……記憶喪失なんですよ、僕」

するりと告げる。これまで、記憶を失った際に関わった人以外には話さないでいたことを。隠そうという明確な意思があったわけではないけれど、話す理由もない。人に話して治るものでもなく、リスクのほうが大きい。

なのにあっさりと打ち明けたのは、思いがけない事態に直面し、自分も動揺しているからだろう。

「記憶喪失って……どういうことですか？」

「あっ、昨日のことも覚えていないわけじゃありませんよ。一年半くらい前に記憶障害を起こして、それより前の記憶がないんです」

「一年半……」

理解したらしい男の表情は、見る見るうちに変わっていく。

いつも無感情そうだった男の驚愕に、『言わなければよかった』と後悔した。

記憶喪失なんて、言葉は一般的だが実際には珍しい。

「マンガみたいでしょう？」

酷《ひど》く自嘲的な思いに駆られ、静良井は笑って誤魔化した。

男は笑わなかった。

「どうして笑うんですか。大変じゃないですか！」

強い声に静良井までもが驚く。

こんな声も出せる男なのだと、初めて知った。

「……まぁ、大変と言えば、大変なんですけど。また弾みで忘れないとも限らないですし……本当に助かりました」

怪我の手当ては終わった。軽く頭を下げつつ礼を言えば、『じゃあ』とその場を離れる空気になる。

実際、静良井は背を向けて別れかけ、ふと忘れ物でも思い出したかのように振り返った。

「あの、マスター」

男はまだその場にいた。動こうとした様子さえなく、自分を見送ってくれていることを、どういうわけか静良井も判っていた。

触れた手に、まだ体温が残っている気がした。

「マスター、昼間はすみませんでした」

「え……？」

男の表情が怪訝《けげん》そうになる。

「お店の紹介のことです。良い返事ができなくて……書きたくないわけじゃないんです」

「ああ……そのことなら、気にしないでください。俺もまだコーヒーは修行中の身で、本で紹介されるほど完成できているとは思ってませんから」

「そんなことは……」

「謙遜《けんそん》なんかじゃないです。だから、本当に気には……」

「違うんだ！」

静良井の勢いに、男は目を瞠《みは》らせた。

「本当にそうじゃなくて、なんていうか、その……あの店は個人的に気に入っている場所なんで、人にはあまり知られたくないっていうか。客商売なのに、こんなこと言われても困るだろうけど」

誰かに本音をぶちまけるように語ったのは、静良井は初めてだった。

昔はあったのかもしれない。

でも、知らない。

今はない。

「いえ、嬉しいです。とても……光栄です」

男は瞠らせた目をすっと細め、言葉を選ぶように応える。

返事に心が軽くなった。静良井は目の前のレザーのブルゾンの袖《そで》を引っ張り、歩道橋の手すりの向こうを指差した。

「あれを」

高台に並ぶ住宅の明かりの中には、今は夜の闇に紛《まぎ》れて見えづらいが、喫茶『カナリー』がある。

「君の店、ここから見えるのは知ってる？」

「……ああ、はい」

「あの辺は普通の住宅ばかりだから、歩道橋を通る度に気になってね」

今風のシンプルな立方体の家々の中に、ぽつりと時代に取り残されたような洋館が一つ。馴染まないそれは、一羽だけ羽色の違う鳥のように自然と目を引いた。

「街の景色の中に、ちょっと周りと雰囲気の違う建物があって、気になることってあるでしょ。あれはなんだろう？　どういう場所なんだろうって。無性に確かめてみたくなって、近づきたくて……実際は思うだけで行くこともないんだけど。あの日は、なんでかそれを実行してみた。天気に誘われたのかな。ふらふらと歩いてあそこへ辿り着いてみたら、君の喫茶店だったんだよ」

五月。風に背中を押されて坂を上るにはちょうどいい、爽《さわ》やかな季節だった。

カナリーの格子窓は、陽光を反射して宝石のようにきらめいていた。

坂道の先で手招くように光っていて、一歩進むごとに少しずつ目の前へと迫り、そして、歩道橋を通る度に遠く目にしていたものは触れられる距離へと変わった。

喫茶店と知り、どんなに興奮したかしれない。

キラキラと光るもの。綺麗な石や貝を拾ったときのような、本当に宝物でも見つけたみたいな気分だった。

初めて訪れた日のことを思い起こしながら、静良井は隣を仰いだ。

「マスター？」

気づけば押し黙ってしまった男は、じっと自分を見ている。

星のない夜空のように黒い眸《ひとみ》だ。

とても、深い色。

「あ、いや……ちょっとした冒険みたいですね」

「冒険か。そうだね、たしかに」

「店が気に入ってもらえてよかったです」

「そういえば……覚えてくれていたんだ」

「え？」

「いや、マスターはお客の顔は覚えないのかと思っていたから」

服が変わったくらいで判らなくなった自分よりも、先に気づいていた。

微かな笑みを口元に浮かべ、男は言った。

「マスターはガラでもないので……中上《なかがみ》って言います。中上衛《なかがみまもる》です」

静良井は応えた。

「僕は、静良井真文」


一際賑《にぎ》やかだった女性グループが会計をすませて出て行くと、カナリーはまるで嵐でも去ったかのように静かになった。数組残っている客の談笑の声など、そよ風のようだ。

カウンターの端に座る静良井《しずらい》は、ホッとしつつも落ち着かない気分を味わう。

斜め前方には、マイペースに作業をこなす中上《なかがみ》がいる。いつものグレーのシャツに黒のパンツ。見慣れたマスター姿の男は、服装が普段どおりなら、接客も以前と変わらずだった。

すなわち、以前と同じロボット風。『かしこまりました』とオーダーを取る男に、急速に気持ちが萎《しぼ》んだ。礼を言うつもりで声をかけやすいカウンター席にしたものの、気恥ずかしい思いもある。

昨夜は話しすぎた。

「もう用意できるから、三番に頼む」

テーブルの片づけを終えて戻ってきたバイトに、中上は声をかける。チラと盗み見るようにその様子を確認した静良井は、無視できないものを目にした。

銀色のドリップポットのハンドルを握る手に貼られた絆創膏《ばんそうこう》。昨夜のことが、紛《まぎ》れもない現実である証《あかし》だ。

意を決し、バイトがコーヒーを運びに出るのを待って声をかけた。

「昨日はありがとう。怪我は大丈夫？」

次のコーヒーのミルの準備をしながら、中上は惚《とぼ》けることもなく応《こた》える。

「平気です。元々、大したことありませんから。せっかく貼ってもらったので、そのままにしてるだけですよ」

目を留めたのに気がついていたのか。

男は微かな笑みを口元に浮かべた。

「でも、よかったです」

「え？」

「いや、ちゃんと覚えてくれていたんだと思って。もしかして、もう忘れられたのかと」

恥ずかしくて声をかけづらかったなどと言うのは、ますます恥ずかしい。『マスターのほうこそ、いつもどおりだったじゃないか』なんてごねるのも、恩人に対して大人気《おとなげ》ないだろう。

「忙しいのに仕事の邪魔をしたら悪いかと思ったんだよ。そんなに簡単には忘れない」

「すみません。失礼なことを言うつもりはなかったんですけど」

「いや、べつに失礼とは……」

「訊いてもいいですか？」

「……ああ」

話しすぎたと思っていたのに、嫌だとは言わなかった。

真っ向から問われたのもあるけれど、カウンター越しの男の眼差しが好奇心や冷やかしには思えなかったからだ。

「一年半前からだって言ってましたよね」

「『から』と言うのか、『まで』と言うのが正しいのか判《わか》らないけどね。転んだみたいで、頭を打ったのがきっかけなんだ」

「それ以前の記憶は本当にないんですか？」

「ないよ」

「でも、記憶がないと名前も家も判りませんよね？」

素朴な疑問に応えるべく、記憶を失った際の状況と、手がかりになるノートがあったことを話した。

「そんな状態で一年半も……」

「気がついたら過ぎてたって感じかな」

「警察には行ってないんですか？」

「最終的には頼ることになるかもしれないけど……住所不定じゃなくても、身分がはっきりしないのは不便でね」

「当然です。どうしてもっと早く……一人で大丈夫なんですか？」

作業の手を止めた男は、やや早口になりながら問う。

静良井は驚いた。

本気で心配されている。もしかすると、昨夜別れてからもずっと考えてくれたのだろうか。

他人事《ひとごと》なのにと思った。

無感情そうだなんて、自分はずっと目の前の男を誤解していたのかもしれない。

「体はこのとおり元気だからね。まだ風邪一つひいたことがないし、案外丈夫なんじゃないかな。それに……記憶がないことそのものは、痛くも苦しくもないんだよ」

最初はもちろん戸惑ったし、不安で仕方なかった。自分自身が何者か知れず、罪を背負っているかもしれないという漠然とした不安は今もある。

けれど、頭が空っぽであること自体は痛みも苦しみもなく、不思議なほどになにも感じないのだ。

「マスターだって、記憶は喪失してる」

「え……」

「昨日食べたものは覚えていても、一週間前はあやふやだし、一ヵ月前はもう判らないでしょ？　今朝、どちらの足からベッドを降りたかなんて、もっと判らない。現実に行動はしたはずなのにね」

記憶は、誰もが膨大《ぼうだい》に失い続けているものだ。

脳に書き込まれるはずの情報は、生まれる傍《そば》から欠けていく。書き込み損《そこ》ねたのか、取り出せなくなってしまったのか。

記憶には短期と長期があり、端から弾《はじ》かれて残らないものもあるけれど、しっかりとしまったはずの情報でさえぽろぽろと抜け落ちる。

人の脳が、パソコンのハードディスクとは違うところだ。記憶がどうして失われるのかは諸説があるほど曖昧《あいまい》で、実のところ医学的にもはっきりとしていない。

人生の節目《ふしめ》の記憶。大切な人との思い出。きっと忘れないと目に焼きつけた景色さえ、人は鮮明には思い起こせなくなっていく。

その色も輪郭《りんかく》も。匂いも温度も。まるで摑んでいたくとも、指の間から擦り抜けてさらさらと落ちていく砂のように。

自分は、それが人よりも多いというだけにすぎない。

「記憶なんてそんなものだと思うんだ。だから、今はべつに怖いとか辛《つら》いとかはないよ」

静良井は微笑《ほほえ》むも、カウンター越しの反応は鈍かった。一口飲んだコーヒーカップから顔を起こせば、なんとも言えない表情で中上はこちらを見ている。

納得していないのか。いくら似たようなものだと言っても、普通の人には頭が更地《さらち》になったと思えるほどの喪失はない。

「慣れもあるのかもしれないね」

「慣れ？」

「記憶を失くしたのは、僕はこれが初めてじゃないようだから」

日記の中からそれを知ったと話した。

「そういう体質……なんていうと、随分軽いけどね。実際、記憶がないはずなのに、僕はこのブレンドコーヒーのしっかりしたベースが深煎《ふかい》りのブラジル豆なことが判るし、香りづけのアクセントがエチオピアモカなのもなんとなく気づける。記憶の分類先の違いのせいだそうだよ」

記憶についてはそれなりに学んだ。押入れの棚にはそれらの書物が並んでいて、過去の自分も同じく学ぼうとしたのだろう。

自分が失ったのは主に、エピソード記憶と言われるものだ。記憶にはいくつかの種類があり、それぞれ脳の保管場所が異なる。

美味《おい》しいコーヒーの淹れ方を教わった日のことを自分は覚えてはいないけれど、慣れた身はすぐにコツを掴んでまた上手くコーヒーをドリップできる。これも記憶の種類の違いで、いわゆる体が覚えているというやつだ。実際には、体ではなく小脳や大脳基底核《だいのうきていかく》を中心に記録されている。

そして、記憶は反復することで強化される。

記憶を失うことにさえ、この身は慣れているのかもしれない。

『自分』を失ったまま、落ち着いていられるのも説明がつく。

「でも、忘れたからといって過去がどうでもよくなるわけじゃないけどね」

静良井は深いコクのあるコーヒーを一口飲み、ぽつりと零《こぼ》した。

「思い出したいということですか？」

「もちろん。会ってみたい人がいるんだ」

「……どなたです？」

「それが判らない」

顔も名前も。

コーヒーカップをソーサーに戻すと、静良井は苦笑しつつ言った。

「日記によると、僕には恋人がいたらしい」

作業の手を止め、中上は応えた。

「きっと心配して探してるでしょうね」

「どうかな、もう諦めもついた頃じゃないかな」

「名前は判らないんですか？」

「イニシャルでしか書かれてなくてね」

「どうして日記にイニシャルで……って、それも判らないんですよね」

「人に知られたら困る関係だったのかも」

「まさか……」

一般的に秘密の関係と言ったら、なにを想像するだろう。

静良井の恋人は男だった。

日記を読んで知り、驚いたけれど嫌悪感は湧かなかった。つまり、そういうこと。自分の性的傾向はそちら側にあるのだろう。

恋人の『M』とは一緒に暮らしていた。自分は天涯孤独らしく、記憶障害のせいで生活のほとんどを彼に頼りきりで、仕事もアシスタントか秘書のようなことをやっていたようだ。

三冊ある日記の始まりは突然で、静良井が二十歳の頃に書かれたものだった。以前のノートは処分したのか、引っ越しの際に持って出なかったのか、手元にない。

二十歳、『M』とはすでに恋仲だった。

「手がかりはほかになにも？」

「今はその人は三十四歳のはずだ。誕生日の記述があった」

「だいぶ年上じゃないですか？」

「そうだね、僕は二十七歳のはずだから」

自分のことなのに、『はず』だ。

「あとは……飲食関係の仕事をやっているらしくて、お金持ちだよ。高層マンションの最上階に住んでる」

「マンションは住所の手がかりにならないですか？」

「セキュリティもあるから、そうそう住民は知れないだろうし。高層マンションも、今は横浜だけでもたくさんあるからね」

次第に八方塞《はっぽうふさ》がりの実情を愚痴《ぐち》るかのようになってくる。

「そうだ、二人で行った場所なら、いくつも判ってるんだ。水族館や美術館。プラネタリウムや、夏には海にも」

「デートですね」

「ま、まぁ……日記に書こうと思ったくらいだからね。行けるところには、もうほとんど行ってみたけど……全部、無駄足だった。この時期は毎年花見をしていたみたいだな。一ツ池《ひとついけ》公園で……去年そこも行った」

「……会えなかったんですね」

中上がミルのハンドルを動かし始めると、ゴリゴリとした音が響く。「ああ」と頷いた静良井の声は、軽く挽《ひ》かれたように掻《か》き消された。

べつになにかを期待しているわけではなかった。そもそも、昨日の礼が言いたくて、カウンターに座っただけだ。

バイトは奥のテーブル客と世間話を始めたようで、笑い声が響いてくる。

カップが空《から》になって静良井が立ち上がろうとすると、寡黙《かもく》なマスターに戻ったかに思えた男が、不意に口を開いた。

「今年も行ってみればいいじゃないですか」

「え……？」

「去年会えなかったのなら、今年もまた。その人だって、あなたを探しているかもしれないです」

ただの思いつきではない。間を空けての返事は、丁寧なハンドピックで選別した豆のように熟考しての言葉に違いない。

「そうかな」

同意とも否定ともつかない反応になったけれど、勘定をすませて店を出ると、坂の上から見る景色が少しだけ変わっていた。

昨日は見つけきれなかった桜が、街のあちこちを色づかせていた。


翌日。桜の名所百選だか五十選だかに選ばれている公園は、桜並木が大きな池をぐるりとピンク色に縁取《ふちど》っていた。

最寄駅を出てすぐから人混みに迎えられ、日曜であるのに気づく。静良井は『しまった』と少し悔やんだけれど、勤め人の恋人なら日曜が休みである可能性は高いと思いなおした。

縁日《えんにち》の参道のように賑わう桜並木のトンネルを、ゆっくりと一人歩いた。

春を象徴する花は、いつ見ても美しい。覚えている経験では、まだ二度目にもかかわらず自然とそう思わされる。

樹齢三百年余りの枝垂《しだ》れ桜は、池のほとりにある。昨年も来たので、迷わず辿りつけたけれど様子は様変わりしていた。

幻想的に咲き誇る老木は、一目見ようと集まる花見客に囲まれているものの、記念撮影が目的の列はない。今年は柵《さく》が設けられ、幹《みき》の傍には近づけないようになっていた。

ひとしきり眺めては去っていく人の中で、静良井は立ち尽くす。

ピンク色に幾重《いくえ》にも下がった枝が風に優美に揺れ、ハラハラと舞い散る花びらだけが昨年と変わりなかった。

おそらく二年前とも。

——ここで写真を撮った。

二人で立ったと思われる桜の前を眺めてみても、なにも思い出せない。漫画やドラマの記憶喪失のように、頭が痛くなったりすることさえない。

探し人の顔も判らない人探し。あちらから声をかけてくるのを待つという、奇跡にもほどがある再会に望みをかけ、吹き抜ける風を棒立ちで受け止める。

ただ時間だけが過ぎていく。

四月に入ってようやく春らしくなったとはいえ、じっとしているとまだ肌寒い。トレンチコートの前を掻《か》き合わせようとしたところ、視線を感じた。

ハッとなって見れば、知った顔だった。

「マスター」

目が合って近づくと、中上はバツの悪そうな顔になる。

「すみません、気になったので」

「もしかして、心配して来てくれたとか……」

そういえばカナリーの店休日は日曜だ。客は住宅街の主婦が多いとはいえ、日曜も客は入りそうなものだけれど、商売っ気《け》のない店は平日も十八時半が閉店時間だった。

「どうですか?」

問われて静良井は首を振った。

「顔も判らない相手だからね。やっぱり都合よく会えそうにはないよ」

「……すみません」

「君が謝ることじゃないだろう?」

「でも、俺が提案したことですから」

律儀《りちぎ》な男だ。でなきゃ、休みにわざわざこんなところまで様子を見に来たりもしない。

「来てよかったよ。会えなかったのは残念だけど、その分諦めもつくっていうか……向こうももう探してはいないんだろうなって思える」

「そんなこと、今日だけじゃ判らないでしょう。たまたま会えなかっただけかもしれないじゃないですか」

他人事にもかかわらず、親身になって向き合う男は、今までの無口でクールな印象の喫茶店のマスターとは違う。

記憶喪失なんて厄介《やっかい》な病気に、親切心を煽《あお》られずにはいられないのか。

「ありがとう。でも、これも運命っていうか、最近は別れも悪いこととは思えなくなってきてね」

「どうしてですか？」

「記憶障害のせいで迷惑もかけていたようだから。僕を心配して生活を共にしてくれて。いい年した男が居候なんて、負担にもほどがあるだろう？」

「負担って、恋人でしょ？」

「まぁそうなんだけど……名前をイニシャルで書いていたのはね、たぶん同性だからなんだよ」

言葉にすると、一瞬時間が止まったようだった。

「僕の恋人は男なんだ」

告白した静良井に、中上は即座に返した。

「同性だったら隠す必要があるんですか？」

「一般的にはそうじゃないかな」

「同性だったら負担なんですか？」

「それは……」

言葉に詰まる。まさか自分のほうが絶句させられるとは、思いも寄らなかった。

「社会的な地位も立場もある人のようだから。人に知られたら困ると思って、名字も名前も伏せたんだろうし」

高層マンションの最上階。照明を選んでほしいと言われてショッピングに行った日の日記によれば、リビングだけで一般的なファミリー向けのマンションの一室が収まる広さのようだ。

年上と言っても三十四歳でその暮らしは、普通ではない。

あの大金も、もしかすると『M』がくれたものかもしれない。

「僕は、僕に関わった人の迷惑にはなりたくないよ」

「迷惑なんて、そんなの本人に聞いてみないと判らないでしょう」

過去の話とはいえ、同性愛は嫌悪されるのを覚悟の上で話しただけに拍子《ひょうし》抜《ぬ》けする。

突っ立ったままの二人の傍を行き交う人のざわめきが撫でるように過ぎ、遠退《とおの》いてはまたどこからともなく現れる。

「君はどうして親切にしてくれるんだ？」

声は自分でも驚くほど遠慮がちだった。

ざわめきに一緒くたに押し流されるかに思えた問いかけ。

「どうしてって……」

「お店の常連客だから？」

「それもあると思いますけど」

「ほかにも理由が？」

「コーヒーを……いつも美味しそうに飲んでくれるから」

たどたどしく返された答えに、少しびっくりした。気の抜ける返事に、実際脱力した静良井はつい笑ってしまう。

「美味しいからだよ」

それ以上でも以下でもない。

不意打ちでも食らったみたいな表情の男は、判りやすく視線を泳がせた。

「えっと……」

「そんなに驚くところじゃないだろう？　まさか、自分の店の味に自信がないとか？　まだ修行中だとか言ってたけど」

「お客さんに出せない味だとは思ってません。自分なりに勉強もして、妥協はしていないつもりです」

「だったら……」

「ありがとうございます」

中上は、今度は静良井の返事を待たずに言った。照れくさいのか、少しぶっきらぼうに変わった声に、静良井はまた笑う。

口元から息の抜ける音。声を立ててちゃんと笑ったのが久しぶりで、自分でもちょっとドキリとした。

「笑うとこじゃないのに……」

中上は不服そうな反応だ。澄ましたマスターの顔とは違い、こうしてみるとやっぱり若いなと思わされた。

整えすぎていない髪型のせいかもしれない。

「なに?」

すっと男の手が頭へ伸びた。髪に触れる指先にびくりとなって、静良井は身を引かせる。

「花びらが」

「ああ、ありがとう。ずっと木の下に立っていたから」

今もはらはらと桜の花びらは休む間もなく舞い続けている。周辺で枝垂れ桜だけが散るのは、咲き始めの早さからだろう。

一枚ずつ花びらを髪から取っては、風に乗せる長い指。

静良井は、ひらりと指から離れる薄いピンクをぼんやり見つめる。

「静良井さん？」

「そういえば……日記にも、その人が花びらを取ってくれたと書いてあった」

「なにか思い出しそうなんですか？」

「いや、そういうわけじゃないんだけど」

緩《ゆる》く首を振る。向かいに立つ男は、眼差しをじっと寄越したまま沈黙し、がっかりさせたのかと思った。

「なんか……ごめん」

「その日記に載っているという場所、俺が同行したらなにか違うでしょうか？」

「え？」

一瞬、意味がよく判らなかった。

「一人じゃ、こういう会話だってないでしょう？　花びらを取る人もいないし。誰かといるのといないのとでは、同じ場所でも変わってくると思うんです。相手がいたら、なにか思い出せることもあるかと」

「でも、マスターにそんな迷惑をかけるわけには……」

「迷惑かどうかは、あなたが決めることじゃないですよ」

先ほどと同じく、中上は迷いのない、決意でも秘めたかのような声で言った。

「俺が一緒に探します。あなたの恋人を」

今まで、日記の場所に行ったことがあると言っても、すべてを網羅《もうら》したわけではない。一人で入りづらい店はやっぱりある。

中上の提案に乗り、レストランに食事に訪れたのは翌週の金曜の夜だった。

青いテーブルクロスの窓際席に案内したウェイターが去って行くと、中上がそっと首元に手をやる仕草をしながら言った。

「ドレスコードにうるさい店じゃなくてよかったですね」

二人ともジャケットは着ているが、ノーネクタイだ。静良井はタートルネックのニットで、中上のほうもVネックのシャツというカジュアルさだった。

「うん、もっと気軽な店かと思ってたよ。てっきりビストロかと」

入店を拒否されるほどの店は日本にはそうないけれど、フレンチの時点で下調べを入念にしなかったのを後悔する。

外食といったら趣味と仕事を兼ねたカフェくらいで、ほかは慎《つつ》ましやかな生活を送っている身からすると、贅沢《ぜいたく》な店だ。

さり気なさを装《よそお》いつつも、恐る恐るメニューを開く。

「付き合わせてすまない。今日はもちろんご馳走《ちそう》するよ」

「なに言ってるんですか。日記の年上でお金持ちの恋人さんは、あなたに支払いの心配なんてさせなかったんじゃないですか？　ここは代理の連れの俺が……」

「つっ、付き合わせてる君に払わせるわけないだろっ」

小声ながら動揺して身を乗り出した。

「だったら、ワリカンで。俺もいろんな店を知るのは勉強になります」

すかさず中上は言った。妥協案のように提示されたが、上手く乗せられているような気がしてならない。

戸惑いつつ静良井は応える。

「じゃあ、食後はコーヒーを飲もう」

「はい」

どことなく嬉しそうに男は目を細め、メニューに視線を戻す。

「以前は、なにを食べたとか判るんですか？」

「季節のコースだったかと……」

三年前の秋の日記だ。時期的に今は内容が違っているだろうけれど、メインが肉料理の似たコースがあったので揃って注文した。

赤ワインで乾杯する。

奇妙な気分だった。行きつけの喫茶店のマスターと、夕食を共にするなんて、記憶喪失以上に人生なにがあるか判らない。

とはいえ、私服姿の中上と向き合っていると、マスターのイメージは遠退く。

金曜日の夜は、カップルの姿が目立ち、男二人では場違いな空気も否めない。店の雰囲気には既視感があるものの、日本人の心象風景の桜と同じ錯覚かもしれない。

どこにでもある、それでいていつも目にできるわけではない煌《きら》めき。ビルの高層階からの夜景も、素直に綺麗だと思う。

「……美味しい」

料理を口に運ぶと、自然と感想も零《こ》れた。

見た目も美しい、前菜から趣向の凝らされた料理の数々。

「幸せだったんですね」

同じく食事を味わう男が、フォークとナイフを手に皿に視線を落としたまま言った。

静良井が顔を向ければ、しみじみとした調子で中上は続ける。

「こんな美味しい料理を食べて、全部理解して支えてくれる人がいて。静良井さんはきっと幸せな人だったんだなって……あ、今が不幸せそうだと言ってるわけじゃないですよ？」

静良井は微笑んだ。

「判ってるよ。そうだね、僕は世界一幸せだったのかもしれない。でも、ちょっと面倒そうかな」

「面倒？」

「だって、クリスマスやハロウィンに風船つきの花で部屋がいっぱいになって、ケータリングのご馳走並べて、仕事仲間を呼んでホームパーティやるような暮らしだよ？」

「すごいじゃないですか。いかにもお金持ちって感じしますね」

「僕はお祝い事は少人数でやるほうが落ち着く。今は帰ったら部屋の隅で膝を抱えてるような人間だから」

「抱えてるんですか？」

「も、もののたとえだよ。今は楽しめる自信がないっていう。根が暗いのかな……今の自分は陽気でもないから」

陰と陽でいえば、間違いなく陰だ。

けれど、昔の自分はどうだか判らない。

「姿形が同じってだけで、僕は以前の自分とは違うのかもしれない」

「どういう意味ですか？」

「見た目はこのとおり二十七歳の普通の男だけどね。中身は僅《わず》かしか入っていない。一年半分の記憶しかね」

「それは……でも、知識は残ってるって言ってましたよね。コーヒーのことも、詳しかったし」

昔、恋人に連れられ、高級なレストランで食事をしていたのも本当だろう。

スムーズに手が動く。肉を切り分けるナイフも、ワイングラスを傾ける指も。

「でも、人の性格の基礎を作っているのは経験だと思うよ。嬉しいこと、哀しいこと。辛いこと、苦しいこと……いろいろ経験して、なにより人と関わって、社会性を磨《みが》く中ででき上がっていくものじゃないかな」

——今の自分にはそれがない。

記憶がないということは、パーソナリティを構成する要素が足りないということだ。

透明人間のようだと自分を思うことがある。

存在の希薄さ。誰の目にも見えないわけではないけれど、色が定まらず、何色にでも書き換えられる。

きっと忘れる度《たび》に、自分は『今の自分』とやらを始めるのだろう。

「でも……」

「マスターだって、『今』を築いているのは過去の経験では？」

否定しようとした男の言葉を封じた。夏の海のように青いクロスのテーブルの向こうから、中上は手を止めてこちらを見返してきた。

あまりにも見つめる眼差しが真っ直ぐで、責められたわけでもないのに怯《ひる》みそうになる。

シャツもジャケットも、黒っぽい服装のせいかもしれない。双眸《そうぼう》が、光のない暗がりに見えた。

自分のこともよく判らないけれど、そういえばこの喫茶店の若き店主のことも、ほとんどなにも知らない。

「それは……そうかもしれません」

静かな声が、ひやりとして感じられた。

怒らせてしまったのかもしれない。せっかく協力してくれているのに、空気を重たくしてしまったと反省する。

静良井は、努《つと》めて明るく振る舞った。

「判らないとね、実は昔の自分はすごかったんじゃないかって考えたりするんだ」

「すごいって？」

「夜な夜な居候先のマンションでパーティを催《もよお》す、パーティピープルだったり。学生時代はヤンチャだったり……強面《こわもて》のヤンキーの可能性もあるかな。髪も少し茶髪だし」

笑い話にしながらも、半分本気で頭を巡《めぐ》らせた。『今の自分』ではない誰か。記憶が消えたのではなく、アクセスできなくなっているだけなのだとしたら、今もそのときの景色は頭の奥に眠っているのだろうか。

ダムの底に沈められた思い出の町のように、そっくりそのまま。

「静良井さんは、そんなに大きく違わないと思いますよ。あなたはきっとあなたのままです。

違うなら、見てみたいですけどね」

中上が笑い、静良井もホッとして笑んだ。

食事の最後はコーヒーで、二人はまるでメインディッシュであるかのように白いカップを前にする。

「どう？」

「すっきりしてますね。アフターコーヒーにはちょうどいいと思います」

「僕はもっとコクがあるほうが好みかな」

そうはいっても、専門店ではないからといって手抜きは感じられない、端正な一杯だ。

「静良井さんはいつも美味しそうにコーヒーを飲みますね」

「好きなんだ、コーヒーが」

「それは知ってますけど。カフェの記事を書くお仕事をなさっているくらいですからね。ライターには……そうなってから？」

気を遣った言葉選びに、思わず笑った。

「『こうなって』からだよ。雑誌の募集記事を見かけて応募したら、運良く採用されてね」

「それは運って言いませんよ。実力です」

中上は至極《しごく》真面目な調子で言った。

仕事なんて呼べるほど、本当は書いているわけじゃない。褒《ほ》められると気恥ずかしさのほうが先に立つけれど、くすぐったいような思いに駆られるのもまた確かだ。

「好きこそもののなんとかってやつだったのかな。コーヒーのことを覚えていて救われてる。君は？　君も、コーヒーが好きで喫茶店を始めたんだろう？」

返事は想像がついていたけれど、あっさりと覆《くつがえ》された。

「いや、コーヒーは嫌いでした」

「え」

「子供は苦《にが》いものとか好きじゃないでしょう？」

「ああ、子供の頃……」

「子供って言っても、二十歳くらいまでですけどね」

それは子供と呼べるのか微妙だ。澄まし顔でいつもコーヒーを淹れている男の意外な一面に、静良井は驚かされる。

「それでよく店を持つところまで変われたね」

「あの店は、祖母が残してくれた遺産で買いました。四年前に他界して、生前に『好きなことに使え』って言ってくれてたんですけど、本当にそのとおりになってしまいましたよ」

「そんな経緯《いきさつ》が……」

苦笑する男の顔に目を奪われる。

だからと言って、適当に店を始めたわけではなく、覚悟があってのことだろう。好きではなかったというコーヒーの味にも、それは出ている。

「もしかして、コーヒー好きのお婆ちゃんのために……」

飲んだカップをソーサーに戻しながら口を開くと、中上が指摘した。

「その顔ですよ」

「えっ？」

「コーヒーが好きな人の幸せそうな顔を見ると、たかが飲み物一杯で人を変えられるってすごいことだなって思うんですよね」

目が合うと照れくさそうに伏せられた目蓋《まぶた》。シャイな男なのだろうと、少しだけ中上を判った気がした。


帰宅したのは夜も更《ふ》けた十時を回ってからだった。

こんなに遅く家に戻るのは珍しい。

そもそも、人と食事をすること自体がなかった。

中上は口数の多い男ではないけれど、会話は不思議と途切れない。共通の話題があるからだろう。コーヒーの話をしていれば、いつまでも過ごせるような気がした。

静良井の定番のオリジナルブレンドは、六種類の豆が使われていると知った。通常の店では

三、四種類のブレンドが多い。あまり種類が多かったり、安定した供給の見込めない豆を使用すると、味にバラつきが出やすくなってしまうからだ。
変わらぬ味を保つことは、美味しさの追求と同じくらいにプロにとっては大切だ。

それを押してまで提供し続ける、拘《こだわ》りのブレンド。使われている豆のいくつかを言い当てることができ、静良井は子供のように喜びもした。

『気に入ってもらえて嬉しい』と言われれば、ますます飲み続けようと思った。

「……楽しかったな」

ぽろりと口にした自分に驚く。

帰宅した静良井は、アパートの狭いキッチンでコーヒーを淹れているところだった。

ドリッパーの中で蒸らした一人分の豆がふっくらと膨《ふく》らむ。自宅ではもっぱら手軽なペーパードリップだけれど、使っているシルバーのドリップケトルは引っ越しの荷物に最初から入っていたものだ。

飲むだけでなく、淹れることにも昔から拘っていたらしい。蔓《つる》のように細く伸びた注ぎ口から、湯をゆっくりと回し注ぐ。

コーヒーの楽しみは、味だけでなく意識を解放されることにあると思う。

こうして淹れる作業に集中する間も、口にする瞬間も。頭を占めたものからひとときでも解き放たれる。

けれど、その夜の静良井は食事を共にした男のことを考え続けていた。

愛用の波佐見焼《はさみやき》の水色のマグカップを手に、部屋の机に向かう間も。ノートパソコンを開き、いつものように首から外した赤いＵＳＢを差し込むときにも。

久しぶりに気分がいい。誰かと食事を共にするのはこんな感覚だったかと、一つも覚えていないのに反復する。

『今日はカナリーのマスターと食事をした』

なんの捻《ひね》りもない文章で、日記を書き出す。

『静良井さんはいつも美味しそうにコーヒーを飲みますね』

録音データでも再生するように、声が頭に蘇《よみがえ》った。

耳に残っている。低めで穏やかで、聞き心地のいい声だ。

長い間同じ一人と会話をしていると耳が馴染んで、周波数でも記録するみたいに、鼓膜《こまく》がその振動を覚えるのかもしれない。

キーボードを打つ手を止めた静良井は、画面をふと見据える。

恋人はどんな声だったのだろう。

暮らしを共にしていたなら、朝から晩まで、ほぼ毎日その声を聞いて過ごしたはずだけれど、思い出せない。

耳を澄ますように意識を集中させてみても、ノートパソコンのファンの唸《うな》る音が聞こえるばかり。静良井はカップのコーヒーを飲み、ほっと溜め息のような息をついた。

川の水面はよく磨《みが》いた鏡のように光っていた。

チカチカと跳ねる金色の輝き。光は傾きかけた太陽のせいで色づいて見えた。

風はない。伸びた前髪はそよとも揺れず、視界を遮《さえぎ》ることはない。

静良井《しずらい》は河原にしゃがんでいた。どうしてこんなところにいるのか。ぽっと現れでもしたように前後の出来事が曖昧で、あまり気にも留まらなかった。

隣に誰かがいた。

凪《な》いだ川面《かわも》を見つめたまま、静良井は「なぁ」と『誰か』に声をかける。右手を軽く握り締めると、いつの間にか楕円形《だえんけい》の石を持っていた。

「なぁ、この石を川に投げるとさ、もう浮かんでこないだろう?」

「うん」

「それってさ、実はすごいと思うんだ」

「うん?」

隣の『誰か』は首を捻《ひね》るような反応を寄越す。

「投げて手を離した瞬間から、もうないんだよ。この石は、見ることも触れることも適《かな》わないんだ」

沈んだ石は浮かび上がることはない。川が干上がって水底が露出したりもしない。意を決して飛び込んだところで、水中にごろごろと転がる石の中からただ一つのそれを見つけ出すのは不可能だろう。

なのに手を離す。

なんの変哲もない石。特別なものではないと信じているから。

小さくて、有《あ》り触《ふ》れていて、たくさんあって、なのに一つしかなくて。なだらかで、ざらついていて、くすんでいて、きらきらしていて。石みたいなもの。思い出もそんな風にできている。

河原の石のように、価値などないかのようにみんなその上を歩く。

いっぱいあるから。当たり前にそこに無数にあるから。当たり前というシステム。

ある日、ふと気がつく。

拾い上げた瞬間に。握り締めた手から離す瞬間に。どんな石もかけがえのないものであったと、いつも放ってから気がつく。

もう、戻らない。

さようなら。

しなやかに腕を振り上げ、静良井は自分の意思ではないかのようにそれを投げた。

「あっ」

水面を二、三度軽やかに弾《はず》んで、石は消える。

思わず隣を見た。並んでしゃがんだ『誰か』もこちらを見ていて、止《や》んでいた風が吹き抜けた。

目の前で揺れる色。金色だった。

チカチカと躍《おど》る光を目蓋の裏に感じ、静良井はハッとなって目を覚ました。

なにか夢を見ていた。

喉《のど》に手をやる。声を上げた気がするのに、その内容を覚えていない。あるいは、最初から意味のある言葉など発していないのかもしれない。

突拍子《とっぴょうし》もないのに、ひどく現実的だった。

——あれは、帰宅途中に、
振り返ろうとしたところで、まるでふつりと途切れた文章のように続きが出てこない。

『なにが?』と思った。自分は夢の中でなにをしていただろう。どこにいただろう。目覚めたばかりなのに、もう判《わか》らなくなろうとしていた。

夢はいつもそうだ。水に垂《た》らしたインクのように、すぐに溶けて消える。今ここにスケッチブックがあったところで、ペンを握り締めるばかりで僅《わず》かな景色も描き出せやしない。

逃げ行く、夢のしっぽ。

「……金色の」

結露《けつろ》していた時期があったことさえ忘れるほどクリアなカナリーの格子窓からは、遠く青い海が見えた。

最近は自然とカウンター席に足が向く。

四月ももう終わる。スプリングコートも不要になり、ダークブラウンの木製の椅子にさっと腰をかけると、待ちきれないかのように口を開いた。

「外国人の可能性もあると思うんだ」

今朝見た夢のことだ。

中上《なかがみ》とはあれから三度の食事をし、映画館やプラネタリウムにも行った。けれど、未だなにも思い出せてはいないし、都合よく恋人とばったり再会なんて展開もない。

手柄でも摑んだかのように話す静良井に、中上のほうはやけに冷静に応えた。

「外国人って……急に飛躍しますね」

「飛躍ってことはないだろう。日本で事業を営《いとな》んでる外国人は珍しくないし。Mはマイケルとか、マイクとか……外国人のイニシャルだったらなんとなく自然だし」

「日記になにか書いてあったんですか？」

「そうじゃないけど、今朝……」

あれはただの夢ではなく、アクセスしかけた記憶だったように思う。残っているのは、僅かなイメージだけ。

「ご注文は、いつものでいいですか？」

カウンターから出てきた中上は、お冷やのグラスを差し出しながら言った。グラスと同じくらい自然にかけられた言葉に耳を疑い、「えっ」となる。

ぎょっとしたのが表情に出てしまったのだろう。

「いや、ですからいつもの……」

ややバツが悪そうに視線を泳がせて中上は繰り返し、傍《かたわ》らに立つ男を仰《あお》ぎ見る静良井は笑んだ。

「いつものを頼むよ」

心からの笑みが零れる。まるで昨日も先週も一ヵ月前も、遥か以前からのやり取りのように応じれば、「かしこまりました」と返ってきた。

午前十一時。モーニングでもランチでもない半端《はんぱ》な時間で、客は窓際で新聞を読んでいる老人一人だ。バイトは休みなのか、姿が見えない。

静かだった。ＢＧＭに流れているジャズの音量は控《ひか》えめで、カウンター内でゴリゴリと鳴るミルの音に静良井は耳を傾けた。

手挽《てび》きの良さは、豆を挽く際に出る熱を逃《のが》しやすいことにある。スピードのある電動ミルは、時間の調整を怠《おこた》ると挽き上がった粉が熱を持ち、味に雑味《ざつみ》が出やすくなる。

なにより手挽きのゆったりとした音は、コーヒーを楽しむ空間にとても合っていると思った。熱が上がらないよう、休み休み。不規則なようでいて一定のリズム。カウンター内に広がる豆の香りすら感じさせ、ひどく心が落ち着く。

隣の空席に置いたバッグからノートを取り出す。日記では恋人の身体的な特徴にいくつか触れていたけれど、確認しても髪色については書かれていない。

「それが日記ですか？」

ページを捲《めく》り続けていると、作業に没頭《ぼっとう》しているとばかり思っていた中上が声をかけてきた。

「ああ、うん」

カウンター越しに覗き込むような眼差し。距離からして文字が読めるはずはないものの、内容が気にかかるのだろう。

ふと、見せてみようかと思った。

自分では気づかないでいることも、第三者の目線で明らかになるかもしれない。

妙案だとノートを掲《かか》げようとして手が止まった。すんなりと他人に見せるには、日記はあまりにもプライベートなもので、不快感を抱かれないか心配な記述もある。

迷ううちに、中上が尋ねてきた。

「それは静良井さんが書いたものには間違いないんですか？」

「あ、うん、筆跡が同じだからね。それに……ここがなんとなく覚えてるんだ」

右手の小指側の脇を指差す。

「書いているときに、ここに金属が当たって嫌だったのを感覚的にね」

「ああ、リングノートはちょっと書きづらいですもんね。でも、どうして外国人だなんて？」

「金色の夢を見たんだ。それで金髪なんじゃないかって」

「え、夢？　色だけで思ったんですか？」

言葉のニュアンスで、驚きだけでなく『呆れ』が加わっているのが判る。

「だけって、黒や茶色と違って珍しいだろう。金色なんて帽子でも被《かぶ》らないし、服だって普通は着ないよ」

「確かにそうですけど、金髪って……」

ついに言葉も続かなくなった。

「やめてくれよ、気の毒そうな眼差しで見るの。たしかに突拍子《とっぴょうし》もなかったかもしれないけど」

「あ、そんなつもりじゃなくて……」

男が言い訳を始める前に、入口のドアが勢いよく開いた。ＢＧＭのジャズもミル音も、会話まで一瞬で吹き飛ぶ。

「遅くなってすんません！　バイクの調子が悪くてっ！」

どうやらバイトは遅刻だったらしい。

中上が応える。

「そんなに焦《あせ》らなくても、連絡くれてたからよかったのに。修理には出せた？」

「あ、はい、明日の夕方までには直るって……」

息を切らす男は、カウンターの静良井に気がつくと『あ』という顔をした。

「こんにちは、ちょうどよかった！」

なにが『ちょうど』なのか判らないが、『どうも』と挨拶《あいさつ》を交わすと、バイトは斜め掛けにしたショルダーバッグから、紺色のビニール袋に入ったA4サイズの本を取り出した。

「昨日、本屋でこれ見かけたんすよ」

静良井がカフェ紹介を書いている雑誌だ。

「え、本当に買ってくれたの？　わざわざありがとう。嬉しいな……」

喜んで応えれば、本の入った袋に目が留まった。『ブックハーフ』と書かれている。全国展開している古本のチェーン店だ。

「佐藤《さとう》くん、古本屋は本屋じゃないよ」

カウンターから出てきた中上が、淹《い》れたてのコーヒーを静良井へ差し出しながら言った。

「えっ、違うんですか？　だって、本を売ってるじゃないですか。名前に『本屋』って入ってるし」

まったく悪気がないところが、ある意味すごい。彼らしいと言おうか。

自然と中上と顔を見合わせ、つい笑ってしまった。低めの笑い声が、柔らかく響く。あまり声を立てて笑うことのない男の、砕《くだ》けた表情にちょっとの間、目を奪われる。

「なんで笑うんすか！　つか、なんか最近店長と仲良いですね？」

バイトが突っ込み、冷静な口調へ戻った中上が言った。

「今度は新品を買って店に置きますから」

近くに立つ若い男が、『あっ』という顔をして手を振った。視線の先に見えるのは、改札を出てくる女の子の姿だ。

日曜日の駅はカップルの姿が目につく。動物園前の駅ともなると、待ち合わせのほとんどが恋人同士にさえ見えた。

次々と周囲の人に待ち人が現れる中、静良井はその場に長く立っていた。けれど、苛立ちはない。

——いいものだな。

自然とそう思えた。誰かの到着を待つという行為が、静良井にはとにかく新鮮だった。

会いたい人が現れるまでの時間は、ただその場に立っているだけなのに、気持ちが弾む。

昔の自分もこんな風に、恋人が来るのを待っていたのだろうか。

思いを馳《は》せつつも、脳裏に浮かんだのはシルエットさえ形作れないのっぺらぼうな恋人ではなく、先週の日曜も会った男だった。

黒いカットソーに、同じ黒でもグレーがかった色合いのジーンズ。改札の向こうからきた中上は、ほぼ想像どおりの姿で現れた。パリッと糊《のり》の効いたシャツは店だけで、普段は飾り気のないラフな服装が多い。

静良井の姿に気づくと、慌てた様子で駆け寄ってくる。

「すみません、遅くなって」

「いや、僕がちょっと早く来ただけだよ」

近所に住んでいるので合流してから電車に乗ることも可能なのに、動物園の最寄駅で待ち合わせたいと言ったのは静良井だ。

日記によれば、この駅で待ち合わせをしたらしい。

「いいお天気だね」

もう五月だ。空の色といい、初夏を感じる爽《さわ》やかさで、風は初めてカナリーを訪ねた日のことを思わせる。

広い公園を過《よ》ぎるようにして、動物園へ向かった。

大人二人、男二人。こういった場所でちょっと珍しい組み合わせだが、多少浮いてしまうのにももう慣れた。

入口でもらった案内図を手に、動物たちを見て回る。極普通の市立の動物園で目新しさはないけれど、一日を楽しむのに充分な広さだ。

「あっ、また子供が生まれたんだ。前はすっかり育った大人しかいなかったのに」

『アフリカタテガミヤマアラシ』と書かれた展示スペースには、針のような剛毛《ごうもう》の生き物がいた。ガシャガシャと鳴りそうな毛を、腰からしっぽにかけて生やしながらも、おっとりとした動きのヤマアラシだ。

六匹いて、中にはまだたてがみの柔らかそうな小さな子供もいる。

「静良井さん、前って？」

「あ、ごめん。去年一人で来てみたときのことだよ。日記に子供がいたって書いてあって、ここも回ったから……やっぱりなにも思い出せなかったんだけどね」

片手をかけた金属の柵《さく》を握り締める。

今もなにも思い出せない。

ちゃんと本来の目的を気にかける中上に対し、自分のほうがすっかり諦め気味で、申し訳なさが芽生《めば》えた。

「改めて思うよ。僕の記憶は、やっぱりドラマや漫画みたいにある日突然すべてを思い出したりしないって」

「もしそうでも……全部は思い出せなかったとしても、一部でもヒントだって、なにかひらめくなら確かめてみる価値はあるでしょう?」

判っていた。中上はきっとそんな風に返してくれるだろうということ。

「でも、さすがに気が引けるよ。結果も出せないまま、休みに何度も付き合ってもらって。しかも、男同士でデートスポットばかり」

「家にいても、どうせ暇を持て余しているだけですから。店の掃除とか、器具の手入れとか……やってることって言ったら、それくらいで」

「君はその……恋人はいないの?」

そろりとした声で訊ねた。自分はもっとプライベートな事情を知られているのに。

「いません」

少し返事に間があった。

「いたら、さすがに毎週は無理だったと思います」

率直な理由が続いて、本当なのだとホッとする。どうしてそんなに安堵《あんど》するのかと、ふと疑問を覚えた。

きっと、彼への迷惑を最低限に抑えられていると判ったからだ。そう自分を納得させる。

「ありがとう。もしマスターが人探しをすることがあったら、僕は全力で手伝わせてもらうよ」

静良井は隣を見る。

動きもあまりない柵の向こうのヤマアラシを見つめたまま、中上は応えた。

「もう手伝ってもらってるかもしれませんよ」

「え？」

「前世とか、その前の前世とかで。死んだばあちゃんがよく言ってたんです。人の行いは巡《めぐ》り巡ってくるものだって。だから、これも巡り合わせで、運命みたいなものなのかなって……大げさに言うと、ですけど」

「運命か……ロマンティックだね。あ、男同士でロマンもないか」

相手に負担をかけないよう、善意をさり気なく手に取らせる言葉でもある。

そういった優しさを、中上はきっと祖母から教えられて育ったのだろう。

どんな人だか、会ってみたい気がした。

けれど、もうこの世にはいない人。

「静良井さん、お願いならあるんですけど」

「ん？」

「そろそろマスターはやめてもらえませんか。ちょっと恥ずかしいっていうか」

そういえば最初に、柄でもないからと言っていた気がする。意識もせずにつるりと呼んでいたけれど、居合わせた他人の訝《いぶか》る視線を感じることはたまにあった。

マスターなんて、なにかと思うだろう。

「じゃあ……中上くん」

人を名字で呼ぶのは普通だ。

なのに、こちらのほうが妙に気恥ずかしい。静良井はそっと視線を外して歩き出し、中上も後に続いた。

順路はあってないようなもので、家族連れから飛び出した子供が二人を追い越して駆けていく。この先はシロクマやペンギンで人気のゾーンだ。

「動物園は、俺も昔行ったことがあるんですよ。ここじゃないけど」

眩しいほどに楽しげな子供の小さな背を見送りつつ、中上が言った。

「……って、もしかしてデート？」

「まぁ、はい」

「どんなデートだった？」

「どんなって……学生時代のことなんで、もう詳しくは覚えてません。それこそ、なにを見たかも、昼になに食ったかも、全然記憶にないし……本当に人の記憶っていいかげんですね」

自分を気遣ってくれているのか。さりげなくフォローされた気がする。

「でも、覚えてることも、なにかあるだろう？」

「鳥を見ました」

「鳥？」

「日曜なのにひっそりしてたんで」

「ああ、鳥のコーナーは二人で過ごすには静かで穴場かもしれないね」

恋人たちがベンチで愛を語らったりするには、適度に空《す》いていたほうがいい。

中上は首を振り、否定した。

「いや、そうじゃなくて、動物園って格差があるじゃないですか」

「格差って、動物同士の？」

「はい。やっぱり珍しかったり動きの可愛い哺乳類《ほにゅうるい》は人も集まるし、展示スペースも立派で……なのに鳥ってどこも扱いが地味だねって。それで、じっくり見ようってなったんです。注目度が上がれば、鳥舎《ちょうしゃ》も立派になるかもしれないって」

「つまり、賑やかし？」

コクリと中上は頷いた。

意外な答え合わせに静良井は目を丸くし、それから小さく噴き出す。

なかなかに新しい園内の楽しみ方だ。

「いいね。じゃあ、次は鳥類のほうに行ってみようか？　ここはどの辺にあったかな……ああ、このバードランドってのがそうだよ」

足を止め、案内図を開いて確認する。傍《かたわ》らの反応がなく、仰ぎ見ると中上は案内図ではなく自分を見ていた。

「中上くん？」

目が合うと、時折見せる照れたような表情が返ってくる。

「いや、静良井さんもそう言うんじゃないかと思いました。行きましょうか、バードランド」


日曜日でも平日のような落ち着きの鳥類のコーナーは、ゆっくりと見て回った。午後の遅い時刻、帰り際はどちらからともなくカフェに寄る雰囲気になっていた。

出かけた際は、二人でコーヒーを飲むのが決まりごとになりつつある。

駅近くで立ち寄ったのは、通りすがりに興味をひかれた小鳥カフェだ。動物園の近くで営業とはなかなか挑戦的だけれど、動物好きに気づいてもらうにはいい立地なのかもしれない。

今日はやけに鳥に縁がある。

併設《へいせつ》のショップには、雑貨だけでなく実際に鳥が販売されていて、ちょっとしたペットショップだ。

「白カナリアですよ」

コーヒーの後に寄り、一つのかごを静良井が繁々《しげしげ》と覗き込むと、中上が言った。

「へぇ、珍しいね。文鳥とはどこか違うなと思ったんだけど」

文鳥にしてはくちばしの色が淡く、薄いピンク色だ。顔立ちも丸みがなく、スリムな体つきのせいか愛くるしいというより品がいい。

「カナリアは黄色のほかに、白や赤もいるんです。あと、模様や大きさが違うのとか、品種改良でいろいろ」

「中上くん、随分詳しいんだね。あ、ホントだ。白カナリアって書いて……」

円柱型の白いかごに貼られたカードを注視《ちゅうし》する。名称の下に添えられた英字に、静良井の視線は釘づけになった。

『White canary』

白いカナリアを意味するのだろうが。

——カナリーだ。

「……もしかして、君の店の名前って？」

「昔飼っていたことがあるんです。ちょうど白カナリアでした。手に載ったり、結構懐《なつ》いてもくれたんですよ」

「そうなんだ。奇遇だな、実は僕もカナリアを飼っていたようなんだよ。僕っていうか、同居の彼がね」

「えっ、『M』って人ですか？」

「うん、日記に。色は書いてなかったと思う。鳥は好きだし、今も飼ってみたいけど……ペッ

トは無理かな」

責任が持てない。いつ記憶を失うかもしれない一人暮らしで生きものを飼っては駄目だろう。

つまり、永遠に飼えそうもないということだ。

かごの中の白いカナリアは好奇心が旺盛《おうせい》なのか、首を傾《かし》げるような仕草でこちらを見上げては、パタパタとした足取りで止まり木の上を歩く。まるで意思疎通《そつう》を試《こころ》みようとしているかのように。

「残念だけど、僕は飼えないよ」

返事をかごの鳥へ向ける。その場を離れようとすると、小鳥は急に高らかな声を上げ始めた。

カナリア特有の高く澄んだ声だ。

ピューイピューイと引き留めるように鳴いたかと思えば、ピロロロと軽やかな歌声を響かせる。

「びっくりした……」

驚きつつも、満更でもなかった。

しかし、カナリアと通じ合えたところで、別れに後ろ髪を引かれるばかりだ。飼えないものは飼えない。

「俺が飼ってもいいですか?」

不意に脇からかけられた声に『えっ』となった。

「飼うって、本気で？」

「冗談で言いませんよ。懐かしいし、いいなって……久しぶりです、この声」

中上が店の人に声をかければ、話は転がるように進んだ。コーヒーを飲んで帰るだけのはずが、カナリアの入った小箱と、鳥かごなどの飼育に必要なもの一式を手に店を出た。

「持ってもらってすみません。寒い季節でなくてよかったです」

日が傾いても風はあまり冷たくない。手提《てさ》げ袋に入ったカナリアの小箱は静良井が預かり、ほかの大荷物は中上が持った。

胸元に大切に抱えるようにして歩道を歩き出す。

「君のことは、もっと慎重なのかと思ってたよ」

「そうですね。最近はそうかも。でも、たまには衝動的にも……あ、もちろん衝動でも大事に飼いますよ？」

「はは、疑ったりしてないよ。どこで飼うの？」

「店で生きものは飼えないから、二階ですかね」

「そっか……そうだね」

当然だけれど、残念だと思った。

二階の住居では見ることは適わない。言えば中上は少しくらい見せてくれるだろうけど――考えたところで、それはよくないと心がシグナルを発した。

逸脱《いつだつ》してはいけないと。

——なにを？

元々、この関係自体が名づけるものがない。友人でもなく、喫茶店のマスターと客。なのに、週末をデートスポットで過ごす奇妙な関係。

駅へ向かう道は来たときと違い、静かに一日の終わりを迎えようとしていた。包む夜の空気。西の空の橙色《だいだいいろ》は逃げ水のように失《う》せていく。

「そうだ、部屋に見にきますか？」

歩幅を合わせて歩く中上が言った。

コトリと胸が音を立てた。

実際にはそんな感じがしただけだ。心音など聞こえるはずもなく、小箱の中でカナリアが動いた足音だった。それでも、静良井は箱を抱く手に力を籠《こ》めた。

自分の中のなにかが動いてしまった気がしてならなかった。


ピュ－イピュ－イ。

ピロロロロロ。

無機質なパソコン画面の中で、黄色いカナリアが歌う。羽色は違えど、澄んだ鳴き声は昼間聞いた真っ白なカナリアのさえずりと変わりない。

夜。ふと思いついてネットで探した動画を、静良井は部屋のデスクで見ていた。

繰り返し、繰り返し。淹れたコーヒーはもう飲み終わろうとしているのに、パソコンを開いた目的の日記は一向に書き出す気になれない。

存在さえ中上くらいしか知らないUSBの日記だ。誰かに咎《とが》められるわけでもないし、サボるのも、三行ですませてしまうのもありだ。

「三行」

終わってしまった動画の静止画像を見据え、静良井はぽつりと呟く。

三行なら、なにを書くのか。

動物園で印象に残った生きものたち。羽色が十四色という、珍しい鳥がいた。帰りに寄ったカフェ。中上がカナリアを買ったのは、予想外で特別な出来事だ。本来の目標に対するレポートなら、今日も無駄足であったと正直に添えておくべきだろう。

一通り頭に並べてみてから、それらと違う大きさで胸を占めているものに静良井は怖々と目を向ける。

日記を書きたくないほど嫌なことなどなかった。

楽しかった。いつもどおりに。

中上と過ごせた時間が。

「……どうしよう」

冬籠りした巣穴から頭を出すように、芽生《めば》えた感情がなにかを、静良井は知っている。かつては自分の身近にあったもの。覚えてはいないけれど、『恋』と呼ばれるものだ。

——どうかしている。

自分の恋人を探してくれている男に惹かれるなんて、呆れるとしか言いようがない。

境遇に同情して、ボランティア感覚で協力してくれている男にとってははた迷惑な話だ。

『惚れっぽい』という新たな項目でも、日記に追加しておくかと、自虐的《じぎゃくてき》に思う。

中上に恋人がいれば、深入りせずにすんだのだろうか。

学生時代のデートの話をしていたけれど、高校か大学か、詳しくは尋ねなかった。

どちらでも同じことだ。

今は付き合っていない。その後、新たな彼女ができていたとしても、現在の中上はフリーだ。

——どうして別れてしまったのだろう。

フラれたとは言われていないのに、自然とそう感じる。中上が易々《やすやす》と心変わりする男には見えないからかもしれない。

ノリのいいムードメーカーにはなりえない男だけれど、傍にいて安心できる。誠実に豆を挽《ひ》く。きっと、恋だって手抜きなく真剣に向き合うのだろう。

もしかすると、シャイなところがあるから、相手には伝わりづらかったのかもしれない。

自分だって愛想なしと長いこと思っていたくせして、判ったような気分になる。

中上について分析する間、心臓が嬉しげにトクトクと弾んでいる気がして、本当に自分はゲイなのだと思わされた。

日記を読んで納得していたとはいえ、実感があるかといえばずっと遠かった。

静良井は机のブックスタンドのノートを一冊手に取った。

ページの場所もおよそ覚えた日記をパラリと開けば、中上にノートを見せるのを躊躇《ためら》った記述が出てくる。

セックスをした日のことまで書かれていた。後半はそれらしい記述はめっきり減っているけれど、最初の一冊目は詳細といってもいいほど記《しる》されていて、若い頃の自分は随分奔放《ほんぽう》だったのだと、他人事のような感想を抱いた。

異性愛者の中上がこれを読んだら不快感を覚えるだろうなんて——それより、普通は恥じらうべきところなのかもしれない。

やっぱり自分はずれている。

『ずっと早くにこうしていればよかったって、本当は思ったよ。後になって同じことをMに言われても、「体目当てってこと?」なんて冗談にして、笑ってごまかしてしまったけど。すごく気持ちよかったから。触れられたとこ全部、そう言って騒いでくるから、自分がおかしくなったんじゃないかって、少しだけ怖かった。

キスだって初めからドキドキしていて、理由だって自分は判っていたはずなのにね。

本当はずっと同じ気持ちだったのに、どれだけ遠回りしたんだろう。

今まで、悩んだ時間はなんだったのかな、なんて。迷う必要はなかった。嘘をついたり、心にもないことを言ってＭを傷つける必要も。全部いらなかったのにね。

ごめん。好きになってもいいんだと、もっと早くに強く思えたらよかった。強く強く。恋なんて、良いか悪いかでできるものじゃない。誰よりなにより好きだって言えたらよかった。

最初から素直に。それだけで全部よかったのに。

今は「好きだ」って言えて、自分が一番嬉しい。「大好きだ」ってＭに言えて幸せだ。

ちゃんと信じてくれてる？　本当に、好きなんだよ。』

誰にも見せるつもりがなかったのだろう。

日記には正直な思いが溢《あふ》れている。

同性ゆえの葛藤《かっとう》があったらしいことも、それを乗り越えて結ばれたらしいことも。

想いを伝えられた喜び、受け止められた幸せ。みんなみんな、目の前のノートに残されているのに、自分の心は余所《よそ》を向こうとしている。

——恋なんて、良いか悪いかでできるものじゃない。

自分もそんな風に考える日がくるんだろうか。

パソコンに向き合った静良井は、メモソフトを開くと文字を綴《つづ》り始める。カタカタと控《ひか》えめに鳴らす音は、まるで秘密の話でもひそひそと始めたかのようだ。

『思い出したかもしれない。人を好きになる気持ち。恋と呼べる感情。今、僕にはおそらく心惹かれようとしている人がいる。だけど、その人は』

手が止まる。

心の内を晒《さら》すことへの抵抗もあるけれど、名前を打ち込むのを躊躇う。今までは『マスター』と記していた。

「中上……衛《まもる》」

口にしてみて、今更気がついた。

名字で呼び始めても、発することのない名前。

——彼の名前も『M』だ。


『おつかれさまでした。では、また来月よろしくお願いします』

出版社の編集者からの返事に安堵した静良井は、軽い挨拶を交わしてから電話を切った。

仕事に利用しているのはレンタルの携帯電話だ。かつてプリペイド携帯がそうであったように、身分証の提示を求めないモグリの業者の存在するレンタルの利用者は、訳ありの怪しげな者が多いらしい。今は自分もその一人だ。

――いつまでこんな生活を続けるつもりだ。

という思いは、とりあえず携帯電話と一緒くたにポケットに押し込み、静良井は小さな溜め息をつく。

場所は歩道橋の上だった。晴れた空の下、高台のほうへ目を向ければポツンと周囲と色も形も違う洋館が見える。

浮かない表情は、カナリーを目にしても変わらない。

店には一週間以上行っていなかった。遠方の取材で急に慌《あわただ》しくなった。海辺のカフェ特集だ。ウェットなところのある静良井の文章は、テーマの夏のカラリとした空気には向かなかったようで、なかなかOKが出ずに苦戦した。

けれど、いざ仕事が落ち着いて足を向けようとすると、やっぱり自分は行けなかったのではなく、避けていたのではないかと思わされる。

いつものように歩道橋を渡り、四つ角の交番に未だ貼られた指名手配犯のポスターから目を逸《そ》らし、空の果てまで続きそうな長い急な坂道を上る。

強くなった日差しに、初めての日のようにカナリーの窓は輝いていた。吹き上げる風に、『さぁさぁ』と背中を押されながらも足取りは重い。

中上に会いたくないわけではない。顔は見たいけれど、会ってどうするのだという思いがある。

気持ちの向かおうとする先に気がついてしまった。ウキウキと心を弾ませるのは、日記の恋人にも、時間を費やしてくれている中上にも悪い。罪悪感だ。

「いらっしゃいませ」

店に着いて扉を開けると、心構えも足りないままカウンターの男と目が合った。

正午を回っており、カウンターにはランチを食べる中年の男性客が一人。席はほかに五つもあるのに窓際のテーブルへつく。

「いつもので構いませんか？」

「あ、ああ……いや、サンドセットを。ホットサンドで」

「コーヒーは食後にしますか？」

「うん」

注文を取る間、中上がなにか言いたそうにしている気がしてならなかった。けれど、奥のテーブル客からも注文の声がかかり、そちらへ向かう。

ホッとしたような、肩透かしを受けたような居心地の悪さだ。静良井は久しぶりの席で窓越しの遠い海を眺めつつも、チラチラと中上の様子を窺った。

『M』なんて、ありふれたイニシャルだ。

しかし、カナリアまで飼っていた人間となると多くはないだろう。今になって気がついた一致。ドキリとしつつも、否定した。

恋人は年上のはずだ。現在、三十代半《なか》ば。中上ではどう考えても無理がある。

でも、もしも二人の年齢が嘘の記述、フェイクだとしたら——

マスターの姿の中上は、若くとも落ち着いた雰囲気が漂う。自分のほうが年下の可能性はあるだろうか。

自分を見た目でいくつと思うか。

これは結構難しい問題である。まぁ間違っても十代ではないだろうし、三十代後半もないだろう。推定、二十代半ばから三十代半ば。死体みたいな曖昧《あいまい》さだ。

——疑い始めると、なにもかもが怪しく思えるだけだ。

結局、家で考え始めたときと同じ結論に達しようとしたとき、どこからか鳥のさえずりが聞こえた。

ピロロロロとカナリアの声。

いくつか開放された窓の外からだ。たぶん、二階の窓辺に鳥かごは置いているのだろう。

天気もよく上機嫌のようで、惜しげもなく美声を響かせる。

歌声に聞き惚れるように耳を傾けていると、しばらくして食事が運ばれてきた。個性的なメニューはなくとも、食事も手抜きはない店だ。折り目正しい喫茶店のランチとでも言おうか。中でも焼き目も食欲をそそるホットサンドが、静良井の気に入りだ。

「久しぶりですね」

皿を差し出しながら、中上は言った。

「そうかな……そうだね、いつもよりは間が空《あ》いたかな」

「どうして来なかったんですか?」

ストレートに問われて驚いた。

彼らしくもない。自分に後ろめたいところがあるせいか、冷静な声に棘《とげ》さえ感じ、ドキリとなる。

「来る日を決めているわけじゃないから。仕事のほうが忙しくなって……海辺のカフェの特集だったんだ。それで、あちこち回ったりして……」

反発と言い訳の入り混じったような返事をした。

どこも日帰りで行ける範囲だ。そもそも静良井が任されているのは補足の記事で、メインの店は編集部でピックアップも取材もしている。

「そうだったんですか、すみません」

「いや……」

「後でカナリアを見ますか?」

問われてすぐに『うん』と首を縦《たて》に振れなかった。

二階は中上のプライベートな空間だ。

踏み込んだら、後戻りできないような不安。自分はブレーキを利《き》かせられる人間なのか。諦めはいいのか、悪いのか。それさえ判らない。

「さっきから声はよく聞こえてるよ。いい声だね。とても元気そうだ」

「……ええ、もうすっかり慣れたみたいで。二階の出窓にかごは置いてます」

中上は一瞬の沈黙ののち、澄ましたマスターの顔で応え、「ごゆっくりどうぞ」とテーブルを離れた。

断り文句と受け取ったに違いない。せっかくの誘いを自ら無下にしたくせして気落ちする。

ブレーキは利くがヘタクソだ。交差点に接近する前から急ブレーキ。『なんでここだよ！』とクラクションを浴びせられるドライバーが頭に浮かぶ。

食べ終える頃、六人のグループ客が入ってきて急に店は騒がしくなった。常連の近所の主婦らしき三人と、見知らぬ女性三人だ。

いつもどおり中上に視線を送ってはそわそわしているので、行きつけのイケメンなマスターのお披露目《ひろめ》かもしれない。

静良井のアフターコーヒーは、バイトが運んできた。

「カナリーって、カナリアの意味だって知ってました⁉」

久しぶりでもテンションが高い。

「君はなんの意味だと思ってたの？」

「えっ、俺は『かなり美味《うま》い』とか、そっちかなって」

「ダジャレ……この店にはちょっと合わないんじゃないかな」

「まぁ、そうなんすけど。こう、意外性を狙ったみたいな」

微かに聞こえる鳥のさえずり。バイトの男は天井のほうへ目線を送った。

「カナリア、見てかないんですか？」

「ああ……いい声だね」

「静良井さん来ないから、店長なんか落ち込んでましたよ」

「えっ」

予想外の言葉に過剰に反応してしまった。

静良井は目を瞠《みは》らせ、男は内緒話でもするようにテーブルのほうへ身を乗り出す。

「ここだけの話、もっと食いついてもらえると思ってたんじゃないですかね？」

「ど、どういう意味？」

「だって店名に合わせて鳥まで買ったんですよ？　反響あると思うじゃないですか、フッー。

なのに気づかないお客さん多いし、静良井さんも来ないし」

「いや、マスターはそういう小賢《こざか》しいことを考えるタイプには思えないけど……マイペースそうっていうか」

「いやいや、ああ見えて温度低くないんですよ、あの人。たまにスイッチ入ると、豆のことめっちゃ語るんです。俺はそこまでコーヒーに興味ないんで、ぶっちゃけついていけないんすけど」

喫茶店の店員として、ぶっちゃけすぎだろう。

「静良井さん、コーヒーに詳しそうだし、来てほしいのかなって」

——推測か。

店名をダジャレと考えるくらいだ、当たっているとは思いがたい。

「店長と仲良くしてやってくださいよ」

なのに友達百人欲しい小学生のような曇《くも》りのない目をして言われると、悪いことでもしている気分にさせられた。

元々、避けたいわけでもない。

食事を終えると、静良井はカウンターの端のレジに向かった。

「ありがとうございます」

ちょうど手の空《あ》いた中上が応じた。

口数は少ない。代金のやり取りをする男の、指の長い手。以前触れたときはまだ寒い夜だったからか、やけに温かく感じられたのを思い出す。

歩道橋で助けられたあのとき。

——今も温かいんだろうか。

改めて、特別な夜だったのだと思い知らされた。

理由もなしに触れられるわけがない。

そして本来なら、自分も理由なく他人の男の手に触れたいだなんて考える人間ではない。

「今朝、ニュースで見たんだけど」

静良井は唐突に口にした。

「はい」

中上は訝《いぶか》る顔を向ける。

「港に船が来てるらしいんだ。イギリスだかフランスだかの豪華客船。久しぶりに寄港《きこう》したとかで、見物人が増えてるって……」

「大桟橋《おおさんばし》の客船ターミナルですか？」

「うん。そういえば、日記にも書いてたの思い出してさ。大きな客船のきた夜に、二人で夜景を楽しんだって……」

静良井はカウンター越しに男の顔を窺い、告げた。

「明日の朝には出航するっていうから、今夜見に行こうと思ってる」

「しかし、こんなんで本当によかったんですか？」

通りのスタンドで購入してきたコーヒーとホットドッグを、中上《なかがみ》は紙袋から取り出しながら言った。

海辺にもかかわらず風が優しい。季節が確実に夏に向かおうとしているのを感じる。

世界一周の長い船旅の途中で寄港した豪華客船を一目見ようと、夜の大桟橋《おおさんばし》はいつもより多い人で賑《にぎ》わっていた。

四百メートル以上の岸壁《がんぺき》を備えた国際客船ターミナルは、世界でも有数の規模と美しさを誇《ほこ》り、普段から観光地化している。一通り見て回った後、人気《ひとけ》を避けるように二人は屋上デッキの奥へ向かった。

並び座ったのは、階段状のウッドデッキだ。

「食事のこと？　レストランも中にあるようだけど、ここのほうが船もデッキも広く見渡せるよ」

客船だけでなく、周辺の湾岸の美しい夜景までもが一望できる。臨港《りんこう》パークに赤レンガ倉庫、一際目立つ大観覧車。どれも横浜の誇る名所の数々だ。

「食事もですけど……もしかしてその人とは、船を見るだけじゃなく、乗ったりしたのかと思ったから」

「豪華客船はたぶん乗ってないよ」

と言いつつも、返事は曖昧《あいまい》になってしまう。夏はクルージングをしたりと、海を贅沢《ぜいたく》に楽しんではいたようだ。

すまなそうに言われると、中上は改めて『M』とは無関係なのだと思わされる。

「今日は急に付き合ってくれてありがとう。贅沢言わせてもらえるなら、夕飯は君の店のホットサンドのほうがよかったかな」

「昼間食べてたじゃないですか」

「あれは……」

考えごとに頭が占められていて、味がよく判《わか》らなかった。

「ほら、美味《おい》しいものは、何度食べても美味しいから」

「静良井《しずらい》さんは褒《ほ》めるのが上手ですね」

「そんなこと、君だけに言われる」

苦笑いしつつ、静良井はまだ温かなホットドッグを頬張った。

隣を直視するのを躊躇《ためら》う。目が合っただけで心が見透かされるわけでもないのに。

恋とは妙なものだ。気づいた途端に、今まで伏せていたトランプをひっくり返したみたいに景色が変わる。

誤魔化そうと見つめた先には、巨大な白い船が停泊していた。

まさに豪華客船の呼び名に相応《ふさわ》しい、圧倒的な存在感。おびただしい窓明かりが階層を成して並び、まるで光で形作られた船であるかのようだ。

思いつきのように口にした港の話に、中上が『一緒に行く』と言ってくれて素直に嬉しかった。素《そ》っ気《け》ない態度を取っていたくせして、ずうずうしい。

中上はどうして話に乗ってくれたのだろう。

「……好きだ」

海風に流されそうに微《かす》かな声が隣から聞こえ、ハッとなる。

「とか、Mさんも船を見ながら言ったりしたんですかね」

「え……」

「いや、せっかくのロマンティックな眺めだから、なにか気の利いたことでも言ったのかなって」

「ああ……どうだろう、恋人同士だから言ってたかもしれないね。そういう言葉を躊躇わずに口にできる人のようだから」

「欧米人みたいに?」

「外国人説はもう引っ込めたよ」

突っ込みに思わず顔を見合わせ、少し笑った。それから、中上のほうが先に船へ視線を戻して言った。

「静良井さんには、気持ちをストレートに表してくれる人がいい気がします」

「……僕は捻《ひね》くれてるってこと?」

「あんまり本音を言うのが得意な人には思えないから。そういう人が、たまに言ってくれると舞い上がるほど嬉しいんでしょうけどね」

「僕だって昔はどうだったか判らないよ？　今があまりにも引き籠もりなものだから、コミュニケーション下手《べた》になってしまっただけで」

「そんなに引き籠もってますか？　週に何度かうちにも来てくれるし……あ、今週は姿を見なかったけど、仕事で飛び回ってたんでしょう？」

「飛び回ってたってほどじゃ……」

実際、いい店を見つけるためにカフェ巡りは続けているけれど、そういう意味じゃない。

「実を言うと、誰かとこうして並んでホットドッグを食べるだけでも、僕には貴重な経験なんだ」

互いに簡単な食事で空腹を満たし、コーヒーのペーパーカップに口をつけたところで静良井は漏らした。

ただの事実。悲観的なつもりはないはずなのに、弱音にしか響かない。

「君が恋人探しに付き合ってくれるまで、僕には一杯のコーヒーを共にする相手もいなかった」

「……やっぱり、もっと早くに警察や役所を頼るべきだったんですよ。日記の人だって捜索願を出しているかもしれないし、今からでも」

一瞬にして心配顔になった男に、静良井は苦笑した。

「それでいいと思ってたんだ」

「いいって……」

「相手もいなくて記憶もなくても、目の前のコーヒーを味わうのに支障はないだろう?」

――自分は失う記憶が人よりも多いというだけにすぎない。

見据えた視界には、立派な船だけでなく人がいた。カップルも家族連れも、友人同士のグループも。公園のような大きな桟橋の上にはたくさんの人がいる。

近くではしゃぐ声がして目を向ければ、小さな男の子が父親に肩車をしてもらうところだった。ふわりと担《かつ》ぎ上《あ》げられた子供は、高い声を上げて喜ぶ。

静良井は自分にもあんな経験があっただろうかと思う。

父親を知らない。母親も。天涯孤独で『M』と暮らしているという日記を信じるなら、知ってどうなるものでもない。

子供の頃、かけっこは早かったか。好きな給食はなんだったか。得意な科目はいくつあって、通知表を見せたら母親は褒めてくれたか。

どれ一つ覚えていない。なにもない。自分の中にはなにも。それがあってもなくても生きられるというだけで、ただの差異ですませられるはずがない。

そして、またいつか、積み上げた僅《わず》かな『今』さえも崩落《ほうらく》し、自分は失ってしまわないとも限らない。

「この景色、綺麗だと思わないか」

静良井は不意に言い、当惑する中上が応えた。

「あ……ああ、はい」

「きっと忘れないって、そう言いたくなる眺めだよ。昔、Mと来たときも言ったのかもしれない。でも、僕はどんなに目に焼きつけてもキレイさっぱり忘れてしまう」

今日と昨日と、今月と先月と、そっくり入れ替えても構わないような毎日。たった一年と八ヵ月目の自分。しがみつくものなどなかったはずなのに、失うのが嫌だと今は恐れ始めている。

本当の自分。新しい自分。過去にも未来にも奪われるのは嫌だと。

今だって他愛《たわい》もない日々には違いないのに。

変わったのは、なにか。

静良井は隣の男を見た。

「僕も普通だったらよかったよ。最近、よくそう思う」

「普通って……なんですか、それ。みんなと同じでなきゃならないんですか。記憶力だって、良い人もいれば悪い人もいるし……俺だって、夜景なんていつまでも覚えてられない。ただ、忘れてしまったら、忘れたことさえもう気づかないだけで……」

応える中上の目が、必死で言葉を探しているのが判った。その焦りがどこからきているのかを、静良井は知っている。

夜みたいな色をした、暗く深い双眸《そうぼう》。けれど、その底はけして冷たくはない。

「君は優しいな」

自然と微笑んでいた。

「静良井さん……」

「中上くん、僕は君にすごく感謝してるんだ」

「感謝なんて……まだなんの役にも立ってないじゃないですか」

「役に立ってるよ。一緒に探してくれたこともだけど、忘れていたものを思い起こさせてくれたよ。大事なもの、とても」

人という気持ち。

誰かと、もっといたいと願う気持ち。

向ける相手を間違えてしまったかもしれないけれど、悔やんではいない。

すべては思い出せなかったとしても、『一部でも』と以前言ってくれた。

本当にそうだ。

僅かでも、自分にとっては大きな価値がある。

「ありがとう」

静良井は心からの礼を告げる。

見返す男の表情は硬いままだった。

「なんか……もう最後みたいな言い方をするんですね」

「日記の確かめたかった場所には、すべて行けたからね。今夜はもうここまでで……」

「もうここまでって、どういう意味ですか？　ほかにも行けるところがあるってことじゃないですか？」

「行けないよ」

さらりと言い、まだ残ったコーヒーのカップを手に静良井は立ち上がった。

もしも、中上がついてこようとしなくとも、一人で歩き去るつもりだったのかもしれない。

考えるより先に、引き留められていた。

立ち上がって伸ばされた男の手に。

「静良井さん」

「あ……」

繋がれた手を驚き見つめる。

「中途半端は嫌です。ここまで来たんだから、できることはやりましょうよ。でないと……俺だって、諦めがつきません」

「中上くん……」

引き留めることに夢中で、気づいていないのだろうか。

桟橋のウッドデッキは、どんな理由であれ男同士で手を繋ぐのに適してはいない。人気《ひとけ》の少ない場所を選んだと言っても、周囲は無人ではなく好奇の視線を感じた。

なによりも、繋がれた手に中上を感じた。

あの夜と変わらない体温。

「む、無理だよ」

「どうして決めつけて……」

「君は、僕と泊まれるの？」

動揺のままに告げた言葉に、初めて中上も戸惑いの表情を浮かべる。

「泊まるって……どこへ？」

「ここへ寄ったのは旅行に出る途中だったんだよ。近場のドライブ旅行だけど……ついでだから寄って行こうって話になったみたいで」

それが、今夜はここまでしか日記をなぞれない理由。やや早口になりながら説明する静良井を、中上はずっと真っ直《ますぐ》ぐに見ていた。

見つめ返し、声を聞き、そして応えた。

「判りました。じゃあ行きましょう、そこへ」

「部屋は空《あ》いてるそうだよ」

通話を切ったばかりの電話をパンツのポケットに戻しながら、静良井は言った。

「週末なのにツイてましたね」

運が良いかを考える以前に、現実感が伴《ともな》わない。

中上が旅へ出ると言い出した。日記の『M』との週末の小旅行をなぞる旅——湯河原《ゆがわら》への温泉旅行だったと告げたら、『そんなところまでは無理』と返ってくるとばかり思ったのに、「だったら電車で行けますね」と話が進んだ。

横浜駅まで出てしまえば、後は電車一本。とはいえ、時間的にも距離的にも喫茶店に寄って帰るのとはわけが違う。

普通じゃない。なのに旅館に部屋の確認をすると、ちょうど一室キャンセルが入ったところだと、さらに話が進んでしまった。

電車に乗ってからも、現実味だけが遠いまま。

「車じゃないと意味がないですかね」

帰宅する人で、車両は混んでいた。シートの中ほどに座れたけれど、向かいの車窓は人の壁に阻《はば》まれて少しも見えない。

「夜のドライブなんて、街中を離れたら楽しめる景色もなかったはずだよ」

状況に戸惑いながらも、静良井はフォローするように言った。

手荷物も僅かすぎる旅は、誰も旅行者だとは思わないに違いない。

明日はカナリーも店休日の日曜で、都合がいいのは確かだけれど、旅行なら次の週末へ延ばすことだってできるはずだ。

今夜でなければばならない理由。そんなものはなく、勢いのままに行動に移したとしか思えない。場所もどこだろうと、ところ構わず行くつもりだったんじゃないかなんて。

湯河原と告げる前から、中上は「行こう」と言った。

たぶん、自分がもう最後にするようなことを言い出したから――

横並びに隙間なく乗客の座ったシートで、互いの腕と腕は押しつけ合うほどに触れていた。見れば、中上の向こうは大柄な男で、狭くなるのも無理はない。

伝わる体温をむやみに意識したのは最初の内だけで、次第に馴染《なじ》んで安心へと変わった。

少しうとうととした。気づけば、乗客がだいぶ減っていた。

向かいの窓も見えるし、中上の隣の男もいない。シートはいくらか空席もでき、ドア前の手《て》摺《す》りに凭《もた》れて立ったままの若者は、変わらずスマホを弄《いじ》り続けている。

空席で余裕が生まれたにもかかわらず、中上も退《ひ》くことはなく、腕は軽く触れ合ったままだった。言葉がなくとも、隣にいるのを確かめられる距離にいる。

自然に思えるのは、馴染んでしまった体温のせいだろうか。

着いた湯河原ではコンビニで必要なものを買い、予約した宿へタクシーで向かった。

日記に記されていたのは、純和風の旅館だ。複数の離れからなる小ぢんまりとした落ち着きが心地のいい宿で、『もう一度行きたい』と書いただけのことはある。古くは文人墨客《ぶんじんぼっかく》に愛されていそうな佇《たたず》まいとでも言おうか。

受付で記帳をすませていると、案内の仲居が現れた。

「急にすみません」

「いえいえ、ありがとうございます。ちょうど一室空きが出たところで、お食事はよいとのことでしたので、お部屋だけご用意しております」

ベテランの振る舞いの仲居は五十代半《なか》ばくらいか。和装姿に旅館に来た実感をようやく覚えたところ、女性は『あっ』という表情をした。

「なにか？」

「いえ、その……」

「もしかして……僕をご存知だったりしますか？」

「ええ、再訪《さいほう》いただき、ありがとうございます」

表情を緩《ゆる》ませた仲居は笑顔で応じるも、静良井はにわかに緊張を走らせた。

何年も前に、一度来ただけの客を覚えているなど稀《まれ》だろう。実際、今まで行く先で店員に尋ねても覚えている人など皆無だった。

「もう四年くらい前なんですけど、本当に僕でしたか？」

「え、ええ……お越しになられてらっしゃいますよね？」

「そのはずですけど……」

自分のことにもかかわらず曖昧で、妙なことを訊ねる。

「連れと一緒だったと思うんです。どんな人だったか、覚えていますか？」

「どんなって……あちらの方と違いますか？」

「え？」

仲居の目が示しているのはロビーの男だ。

今夜の連れの男――

記帳を終えてその場を離れた中上は、ロビーの棚に置かれたパンフレットを手に取り見ているところだった。

「彼ですか？　間違いなく？」

「す、すみません、はっきりとは……違ったかもしれません。ただ、背の高い方だったというくらいしか。お客様のことは、綺麗な方だなって印象に残っていたんですけど」

「きれい？」

悪い意味ではないと思うが、あまり男に対しての形容ではないだろう。

初めてのまともな手がかり。冷静さを保とうにも気が急《せ》いてしまい、妙な客になってしまった。

笑顔を貼りつかせつつも、ぎこちなくなった仲居に二人は部屋へと案内される。

運んでもらうほどの荷物がないのも、怪しいに違いない。細い回廊のように館内を巡《めぐ》る廊下を歩きながら、気がついた。

この宿は、男が二人で訪れるのは不自然だ。全室が離れの高級旅館。夜更《よふ》けに飛び込んでくるのはもちろん、ドライブで泊まる宿でもない。

覚えられていた理由が判った気がする。

「なにかありましたか？」

「いや……」

中上に問われ、つい濁《にご》した。

判明した共通点が身長だけと言っても、中上の長身は日本人の平均を遥かに上回る。忘れかけていた、ありえないと結論づけた疑念がまた胸をもやもやとさせる。

考えに没頭《ぼっとう》するあまり、少し意識がぼんやりしていた。

灯籠《とうろう》の点在する幻想的な中庭を過《よ》ぎっていたときだ。仲居の草履《ぞうり》の足音にリードでも引かれるように歩いていると、静良井は石畳《いしだたみ》に足を取られた。

「……真文《まさふみ》さんっ」

後方を歩く男に背を支えられる。

その瞬間、「あ」となった。振り仰いで確認した表情が、互いに驚きに満ちていた。

——今、名前で呼ばれた。

「大丈夫ですか？」と打ち消すように続く声を聞きながら思った。

「明るい時間だったら、景色も楽しめたんでしょうけどね」

一通り説明をした仲居が去ったのち、縁側《えんがわ》の窓辺で表を眺めながら中上は言った。

広さはさほどでもないけれど、離れには内風呂も備わっており、一晩をずっとここで不自由なく過ごせる造りだ。

「同じ部屋かは判りませんけど……なにか覚えていることありますか？　気になるものとか……静良井さん？」

「え？」

「部屋です。夜が明ければ外もよく見えると思いますけど」

「ああ」

それより心を占めているのは、今目の前に立つ男だったが、中上のほうは先程名前で自分を呼んだのはなかったことにしたらしい。

──まさか、気づいてないなんてこと。

親しい仲ならともかく、まだ遠慮も緊張も残るマスターと客の関係で、しれっと呼んでみたりはしないだろう。

『M』が彼である可能性が、僅かでもあるなら確かめたい。

方法は、まったくないわけではなかった。擦《す》れ違《ちが》いざまに判る方法でもないので、人探しの役に立つとはあまり思っていなかったけれど。

恋人には、日記で判った身体的な特徴がある。

「とりあえず、温泉に来たんだし風呂に入りますか。天井が高いから、すごい開放的ですね。天気がよかったら、星まで見えそうだけど」

内風呂を覗く男に、静良井は提案した。

「それより大浴場に行かないか？」

どこかぎょっとした表情で、中上はこちらを振り返り見る。

「せっかくの温泉だし、内風呂は後でも入れるから」

「……構いませんけど、一緒にですか？」

それほどおかしなことを言っているつもりはない。変だろうかと内心狼狽《うろた》えつつ、「うん」と頷く。中上は今度は驚いた様子もなく、「そうですね、じゃあ」と応えた。

部屋に準備された浴衣《ゆかた》の着替えを抱え、石畳の通路を再び辿《たど》って母屋《おもや》へ向かう。

「すみません、忘れ物をしたので取ってきます」

中上がそう言い出したのは、着いた母屋の入り口だった。まるでそこまで送り届けるのが目的だったかのように、「先に行っていてください」と告げられる。

静良井は一人向かう羽目になり、中上は戻ってこないのではないかと思わされた。実際、なかなか来なかった。

先に入って待つ静良井は、もう充分温まっていたけれど、目的もあったので涼しい顔をして迎えた。

「遅かったね」

「すみません、もたついてしまって」

『なにが』とは中上は言わない。忘れ物など、本当はなかったのではないかと感じる。

一緒に風呂に入りたくないという理由以外には。

特徴は足の黒子《ほくろ》だ。太腿《ふともも》の内側のつけ根に、本人も知らなかった黒子があると日記に書かれていた。

『彼も知らなかったホクロを見つけた。発見者は僕だから、名前をつけてもいいかと言ったら、「星じゃないんだから」と嫌そうな顔をしておかしかった。

絶対につけよう。でも、少しはMも気に入ってくれる名前がいいかな。一生、そこにいるホクロだから』

楽しげに書かれた、ある日の他愛もない日記。見つけたのはセックスの最中らしく、裸であってもそうそう確かめられる位置ではない。

みな内風呂ですませているのか、大浴場は二人の貸し切り状態だった。

湯船でも、洗い場でも。中上が身を動かす度、一瞬でも覗けないかと静良井は注目した。中上のほうは、口数が少ないだけでなく、普段と打って変わってまったくこちらを見ようとはしない。

まるで避けているかのように、湯船でも距離を置こうとする。もしかすると、単に『裸の付き合い』が嫌で遅れたのかと思い当たった。恋人である可能性に静良井が色めき立つ一方で、そうでなければ中上はやはり異性愛者の可能性が高まる。

同性愛者と公言した自分と風呂に入るのは気が進まなくとも、不思議ではないのかもしれない。

——まぁ、いい。

なんて、よくもないのに思う。右の足先から脹脛《ふくらはぎ》にかけての火傷痕《やけどあと》が、湯の中でゆらゆらと揺れていた。こちらを見ない中上は気がついていないのか、なにも言わないけれど、あまり人に見られたいものでもない。

「それ、外さなくても大丈夫なんですか?」

中上の目に留まったのは、首の赤いUSBのほうだった。

静良井はどんなときも、肌身離さず首から下げている。

「防水加工なんだ。お風呂でもOKだっていうから、家のシャワーでもつけてるよ」

応えながらも、声が妙に頭に反響する。

「あれ……」

「静良井さん？」

息苦しいほどに重い頭に立ち上がり、ますます呼吸が苦しくなってから、静良井はのぼせかけているのに気がついた。


小学生だって、風呂に長時間浸《つ》かっていれば危ないと知っているだろう。のぼせは脱衣所に出てからのほうが、温度差で急速に悪化しやすい。静良井は、中上に介抱《かいほう》されてどうにか浴衣を身に着け部屋に戻る有り様だった。

風呂の間に仲居によって敷かれていた布団に、文字どおりに倒れ込んだ。

「大丈夫ですか？」

濡らしたタオルを、中上は頬や額に宛《あて》がってくれる。すぐに体温に馴染んでしまうけれど、気持ちがいい。

「ごめん、調子に乗って長湯をしすぎた」

もちろん調子に乗ったのではなく、本当のところを知りたいと、愚《おろ》かな無理をしてしまったのだ。

「ありがとう、もういいよ」

取り替えようとしてくれた男の手を止める。そのまま摑むと、布団の傍《かたわ》らに座った中上は不思議そうな顔で見下ろしてきた。

「静良井さん?」

「もう、名前では呼ばないのか?」

ぴくりと中上は手を引き、そのまま離れる。

静良井は問うのをやめなかった。

「気になってたんだ。さっき……支えてくれたときに呼んだだろう? 『真文さん』って」

「……すみません」

「謝ってほしいんじゃないよ」

「でも、馴れ馴れしかったですよね」

「君に呼ばれて嫌な気はしない。そうじゃなくて……ただ、訳が知りたいんだ」

返事には少し間があった。

「なんとなく……雰囲気で呼んでしまったっていうか、旅館の空気のせいかもしれません」

木立《こだち》の中に立つ、密《ひそ》やかな離れ。人と人の距離が縮むのに、なんの不思議もない。

——けれど。

上手く躱《かわ》されたような、そんな感じがした。知りたいと求めながらも、自分の中に明確に望む答えもある。

「確かめさせてくれないか。君の体を」

頭がまだぼんやりしていて、言葉を選ぶ余裕がない。布団に片手をつきながら身を起こせば、驚いた男が瞠らせた目でこちらを見ている。

「Mには足に黒子があるはずなんだ」

「……どういう意味ですか？　それって、俺を疑っているんですか？」

「君のイニシャルもMだろう」

些末《さまつ》な、言葉にしてみればどれも取るに足らないきっかけの数々。

中上は黙って聞いていた。隣に敷かれた自分の布団の上で胡座《あぐら》をかいた男は、おもむろに片膝を立てた。

「足に黒子なんてなかったと思いますけど……どこですか？」

「腿《もも》の……つけ根のところ。左足の」

いざ指示をしてみれば、風呂では到底見えるはずもなかったと判る。他人が知れるはずもなく、まして日記によれば本人さえ気づいていなかった位置にある黒子。

浴衣の合わせ目から長い足を露《あら》わにした男は、内腿の際《きわ》どいとしかいいようのない場所を晒《さら》す。

「ありますか？」

「いや……」

「もっと、つけ根のほうですか？」

異性ならセクハラだし、同性でもそうかもしれない。中上が淡々としているのが、せめてもの救いか。

ぐいと思い切りよく、指で黒のボクサーショーツの履《は》き口まで捲《まく》って見せられ、静良井の心臓は跳ねた。

ドキンとも、ズキンともつかない体の変調。脈が乱れて、血流が熱く体に巡るような感覚。

『見せてほしい』と懇願《こんがん》しておきながら、視線が泳いだ。

もうずっと、いつからか判らないほどにずっと久しくなかった感覚なのに、自分はこれがなんであるかを知っている。

「もっ、もういいから……な、なかったよ、どこにも」

「右も見ますか？」

「いや、いい。すまない、変なことをさせて」

身の置き所がないとは、このことか。布団の上にへたり込むように座ったままにもかかわらず、呼吸が早くなった。

居たたまれなさからだけでなく、膝立ちになった男がこちらへ近づいてきたからだ。

にじり寄るようにして距離を縮めながら、中上は問《と》い質《ただ》した。

「もしも俺がその人だったら、どうするつもりだったんですか？」

「自分のことなのに、他人の振りして一緒に探すなんて悪趣味な真似、俺はしませんよ」

「ごめん。本当にそうだったね、意味が判らないし……」

「だって、そんなことしたって、辛くなるだけでしょ？　恋人は自分なのに、あなたは俺のことなんてさっぱり忘れてるんだから」

怒っているとばかり思った声が、どことなく哀しげに響く。

「俺のここに黒子があったら、静良井さん……どうしたんですか？　がっかりしましたか？」

繰り返す質問が、同じに聞こえた。

自分がしたのと同じ。知りたいと求めながらも、望む答えは明確な問いかけ。

「がっかりなんて、するわけないだろう」

「じゃあ、嬉しかったですか？」

どうしてそんな風に問うのだろう。

それでは、まるで――

中上の黒い眸《ひとみ》が、すぐ目の前にある。

額と額が、今にもぶつかりそうだった。

もう、距離がない。

「俺が、あなたの恋人だ」

「中上くん……」

「そう言ったら、俺を好きになれますか？　なにも覚えてなくても、ほかに恋人がいたとしても、俺を好きに」

「好きに、なんて……」

——もうなっている。

手を取られて心臓がトクンと鳴った。

「……あっ」

黒子など一つもなかった中上の左足。肌の際どい場所へ、指先を押しつけるように強く引いて導かれ、収まりかけた熱が上がる。

「手を……手を、放してくれ」

「俺に触るのは、嫌ですか？」

静良井はぎゅっと身を縮《ちぢ》こまらせるように、肩を竦《すく》めた。問う男の息が唇を掠《かす》める。

直接触れられたわけでもないのに、ビクビクと小さく体が震えた。

「どうして、Mって人のこんなところに黒子があるのを知ってたんですか？」

「に、日記に書いてあったから……」

そうじゃない。

中上が訊いているのは、もっと直接的な理由で。訊ねながらも、彼自身もその答えに想像がついているのが伝わってくる。

「か、からかってるのか、僕が……ゲイだからっ」

「まさか。ただ、俺が現実を知るのは面白くはないというだけです」

「面白くないって……」

至近距離の眸を見つめ返しても、答えは返ってこない。近すぎてもう、よく見えてもいなかった。

なにをやっているのだろう。

眼差しも、声も、体温も。すぐそこにある。

ちょっと体が揺れただけでも、触れ合ってしまいそうな距離。口づけをしたら、なにかが変わるだろうかなんて——そう思ったら、自然と静良井のほうから綻《ほころ》ばせていた。

唇を緩ませ、中上のそれを欲しがる。

「中上く…っ……」

湯に湿ったままの前髪が触れ合う。額を押しつければ、鼻先がぶつかり合って、確認するように互いの眸を覗き込んだ。

それから。

ゆっくりと目蓋を閉じる。唇を重ねかけたところで、空気を裂《さ》くように無機質な音が鳴った。

ジリジリと振動する、昔の黒電話にも非常ベルにも似た音は、部屋の内線だった。

床《とこ》の間の脇で鳴り出し、一呼吸置いてから中上が電話を取った。

突然割り入ってきた電話は、旅館の受付か仲居からだったらしい。少し困惑した表情で、中上が言った。

「……明日の朝食、どうしますか？」


一度途切れた時間は、二度と繋がらなかった。

キスをしようとしていた。たしかに。

中上の言葉の端々が、まるで自分と同じ好意を抱いてくれているように感じられた。続きを意識しなかったと言えばたぶん嘘になる。

けれど、電話を切ってからの中上は普段どおりだった。気の迷いだったのか、なかったことにしたいのか。

「今度、よかったら俺の部屋にカナリアを見にきてください」

ただ、眠る間際にそう言われた。

並べた布団に入って、明かりを落とした天井を見上げ、今日が終わろうとするそのとき。

言わずにおれないかのように、中上はぼそりと告げた。

「……うん、行くよ」

少し間をおいてから静良井は応えた。

「ありがとうございます。いや、とんでもないです。嬉しいです」

日曜日は午後には家に戻った。

特にすることがあるわけでもなかったけれど、夕方出版社から思いがけない電話が入った。休日出勤中の編集者から、余所《よそ》の部署でカフェについてのコラムが書けるライターを探しているからどうかとの打診だった。

仕事が増えるのはもちろん歓迎だ。迷いなく了承し、担当の部署の者から連絡をさせると言われて電話を切った。

仕事でそわそわするような気分は久しぶりで、誰かに伝えたい思いに駆られる。友人もいない静良井《しずらい》に、思い浮かぶ相手なんて一人しかいない。

とはいえ、中上《なかがみ》とも大した用もなく連絡を取り合う関係ではない。

——明日、カナリーに行こう。

心に誓う。モーニングもいいけれど、少し時間を外したほうが話しやすい。カナリアを見せてもらう約束もある。

予定を決め、今夜の夕飯は自炊ですまそうと落ち着いた。夜はいつもどおりの何事もない一日。そのつもりだった。

ペーパードリップでコーヒーを淹《い》れ、愛用のマグカップを手に壁際の机に着く。夕飯前に日記を書こうと、パソコンを開いて昨晩からの出来事を記《しる》す。

桟橋《さんばし》で見た大きな船、思いがけない一泊旅行と中上のこと。忘れてはならない、新しく入りそうな仕事の件まで綴《つづ》って——静良井は物足りないのに気がついた。

いつになく長い日記を綴ったにもかかわらず、足りてない。

小さな溜め息をついた左手には、愛用の水色のカップ。コーヒーもまだなみなみと残っているのに、じっとしていられない気分だ。

理由なら、判《わか》っていた。

明日まで半日。二十四時間も待たずに月曜日を迎え、カナリーでいつものコーヒーを味わえる。

なのに待てないと心が訴えてくる。

『忘れたくないことができた。だから記しておこうと思う。マスター、最初は愛想がなくて、客の僕なんて覚えてはいないんだとばかり思っていた君のことだ』

日記では中上を結局マスターと呼び続けていた。カナリーのマスターと書いているのだから、誰かはすぐに判る。

たとえ、いつかまた自分がすべてを忘れてしまうようなことがあったとしても、この日記さえあればきっと。

最初に店を訪れた日。急な坂を上って息を切らせて入ってきた自分に、彼は少し驚いたような表情をし、それから窓際の席へ案内をして冷たいおしぼりとお冷やを差し出してくれた。とても良い店だと思った。なのに、翌日も行ったら覚えられてはいなくてがっかりした。

連日来たと思われずにすんでほっとしたつもりだったけれど、残念に感じていたのが今は判る。

最初から、気になって仕方がなかったのかもしれない。

まるで観察するように中上を見ていた。

——忘れたくない。

ただ、その思いで今記せる限りのことを残そうとする。キーボードを叩き続け、一通り書いてしまえば満足するかと思ったのに、書いても書いても、カップのコーヒーのように簡単に満たされることはない。

明日はどこまでも遠く感じられた。

静良井は手を止め、その一行を打ち込んだ。

『今からマスターに会いに行こうと思う』

はやる気持ちのままに保存をした。長いチェーンのついたUSBをパソコンから抜きながら立ち上がり、首に下げる。

――やっぱり着替えくらいはしないと。

焦《あせ》っているくせして、壁の安っぽい姿見《すがたみ》に自分を映して服を確かめた。代わり映《ば》えもしない普段着だけれど、ベージュのコットンパンツに洗いざらしのリネンシャツを身に着け、部屋を出る。

近いとは言えない、徒歩二十分ほどの喫茶店まで夕暮れの道を急いだ。

午後に久しぶりの雨の降った路面はどこも濡れていて、悪路《あくろ》は水たまりも残っているものの、雨雲はとっくに東だか北だかの空に追いやられている。

歩道橋で見た夕焼け空を綺麗だと思った。カナリーへの坂道を上りながら、仕事の朗報《ろうほう》なんて別段中上に伝えなくてもいいと、気づかされた。

本当の目的は違う。

目的なんて、あってないようなもので、ただ別れたばかりなのに会いたくなってしまっただけだ。

顔が見たい。それだけだったけれど、実際に中上の顔を見ると勝手に膨《ふく》れた気持ちは急速にしぼんだ。

「静良井さん、なにかあったんですか?」

クローズの札のかかったドアの向こうをガラス越しに覗くと、明かりが点《つ》いていて、カウンターに中上の姿が見えた。ノックしてそろりと開けば、ぎょっとした表情と言葉に、歓迎されてはいないと感じた。

自分ならいつでも迎えてもらえるなんて、いつからそんなずうずうしい考えを持つようになったのだろう。

「ご、ごめん、店休日なのに。特になにかあったわけじゃないんだけどその……急に一泊したけど、カナリアは大丈夫だったのかな……とか」

「どうぞ、構いませんよ。コーヒーを淹れます」

「でも、お店は……」

促《うなが》されてカウンターへ歩み寄るも、躊躇《ためら》う。

「店は休みです。プライベートなので、味は保証しません」

中上はそう言って笑った。

旅先でも何度も見た、はにかんだような笑みだ。

「本当にいいのか?」

席に着いてからもしつこく問う。器具の手入れをしていたらしい中上は、糊《のり》の効いたシャツではなく、黒っぽいTシャツの普段着姿だった。

「ちょうど静良井さんのことを考えていたところです」

豆の準備を始め、俯《うつむ》き加減になった男の額に前髪がぼさりと下りている。

いつもの席、いつもの距離感。違って感じられるのは、その姿のせいか、昨晩の——

自分のことを考えていたなどと言いながらも、視線を合わせるのをどことなく中上は避けているようにも感じられた。口数も少ない。

静かすぎる。普段それほど意識しているわけではないけれど、BGMのない店は初めてだ。

やがて豆を挽《ひ》く音が響き始め、静良井の元へ一杯のコーヒーが差し出される。

プライベートと言ったからか、マグカップで。ソーサーもないが、口に運んだその香りも、味も、静良井の好む一杯だ。

――オリジナルブレンド。

「そんなに見られると飲みづらいよ」

作っている間、背《そむ》けがちだったのとは反対に、中上は自分を見ていた。

まるで目に焼きつけようとでもしているかのように。

「コーヒーを飲んでいるときの、静良井さんの顔が好きなんです」

文脈で意味が違うと判っていても、心臓に悪い言葉。からかわれてでもいるのかと、疑いたくもなる。

半分ほど飲み終えたところで、男はカウンターを出て一冊の雑誌を静良井の元へ持ってきた。

すっとカウンターのマグカップの傍《かたわ》らへ差し出す。

「これ……」

「今日帰ったら、届いてたんです。この辺りの書店で見かけなかったので、ネットの通販で注文したんですけど」

今月発売のカフェ雑誌だ。もちろん、古本ではない。

「本当に買ってくれたんだ。ありがとう。君も律儀《りちぎ》だな」

「店に置こうと思って。静良井さんの記事も読みました。どこも行ってみたくなりますね。ほかのお店に客を取られないか心配です」

ひとしきり褒《ほ》めてくれたのち、男はまた不意に神妙な面持《おもも》ちに戻った。

「隣に座っても？」

「あ、ああ、うん」

違和感と正体の判らない胸騒ぎを覚えつつも、断る理由もないので軽く頷く。

隣の席に腰を下ろした中上は言った。

「静良井さん、その本にあなたの恋人が載っています」

身構えながらも、なにを言われたのかまったく理解できなかった。反応までに、だいぶ時間がかかった。

「なにを、言って……」

「俺も驚いたんですけど、取材を受けたみたいで。インタビュー記事のところです。チェリーカフェの社長さんだったんですね」

頭を素通りしそうになる言葉をどうにか引き留める。

『チェリーカフェ』は、関東圏を中心に展開している有名なカフェチェーンだ。毎号載っているる、カフェオーナーや企業人へのインタビューコーナーが連鎖的に思い当たった。けれど、いくらか話が結びついても、肝心《かんじん》のところが判らない。

「ちょ、ちょっと待ってくれ。恋人って……僕の？　どうしてそんなこと……どうして君に判るんだ？　君はMを知ってたのか？」

「知りません。名前や素性はその本で知りました。ただ……昔、一度見かけたことがあるんです。あなたといるところを」

知らされた事実に息を飲んだ。

「み、見かけたってどこで？」

「みなとみらいです。買い物帰りみたいでした。三年くらい前の冬で、静良井さんはグレーのコートを着てました。ウールの……いや、カシミヤかな。すごく高そうだって判る、いいコート。その人は、黒っぽいコートでした。ショップの紙袋を車に載せてて、たしかホワイトのベンツ」

今までなにも言わないでいたのが信じられないほど、つらつらと中上は語った。

たしかに素性を知っているわけじゃない。けれど、逆に記憶から引っ張り出せるのが不思議なほどに、些細《ささい》な光景だ。

「どうしてそんなこと……君は覚えていたんだ？」

「なんか……すごく、幸せそうだなって思ったから。だから、印象に残ってたんです」

カウンターに片肘《かたひじ》をかけ、こちらを見た男は苦笑した。

「あるでしょう？　一つだけ、周りと違う雰囲気の建物みたいに、街中でも印象に残って忘れられない出来事って」

「あ、あるけど……」

「今まで黙っていて、すみませんでした。名前は、久遠光彬《くおんみつあき》さんというそうです」

「みつあき……」

「Mですね。編集部に頼んだら、きっと連絡先は教えてくれると思います」

決意でも秘めたみたいな声で言う。

桜の木の下と同じ表情。

事情を話せば、たしかに協力してくれるだろう。直接連絡先は教えてもらえなくとも、あちらに伝えてさえもらえれば。

――『M』に会える。

「静良井さん、見ないんですか？　真ん中辺りに載っていた特集です。結構、ページが割《さ》かれていて……」

今月号はパラパラと捲《めく》っただけだけれど、ぼんやりとインタビューを受けていた人物の印象はある。若い社長だなと思った。小奇麗なハンサムで、笑顔に品が感じられ、同時に自信も垣《かい》間見《まみ》えた。

「いいよ。見たくない」

本を開こうとした中上の手を、静良井はぎゅっと押さえた。

「見たくないって……」

「見る必要がない。この中の人が、どういう人か知っても、今の僕には意味がない」

押さえたその手と、表紙を見据《みす》える。

「言っていることの意味、判ってますか?」

「もちろん判っているよ」

戸惑いを示す男のほうを見ると、迷いのない声で告げた。

自分でもこれほどにはっきりとした意志を持てるとは、思っていなかった。

「それを、俺に言っていいんですか?」

「君だから言うんだ。君以外に、知らせる必要もない」

もう過去を探す必要はない。

見つける資格もない、自分の手にしたいものは——すでに触れている男の手を強く握り締める。

沈黙した中上は、しばらくしてから言った。

「二階に行きますか? カナリアの様子、見にきてくれたんでしょう?」

窓辺が遠い。

カナリアが口実なのは互いに判っていたけれど、案内された二階の部屋で鳥かごへ近づく間もなく抱きしめられたのには驚いた。

背後から抱き留められ、窓辺が遠退《とおの》く。部屋の電気は点《つ》けないまま。尽きる寸前の灯《ともしび》のように残る夕日が、ぼんやりと室内を浮かび上がらせた。

「なっ、中上くん…っ……」

ぐいと引かれて板床の上を数歩歩み、ベッドへ押し倒される。

これも衝動なのか。感情の起伏をあまり見せない男の、内に秘められた熱情。

「いいんですか？」

静良井の体を縫《ぬ》い止《と》めるように寝具へ押しつけ、中上は問う。

「……なっ、なにが？」

「俺を選んで、いいの？」

仰《あお》ぎ見つめ返す静良井は、静かに応えた。

「そっちこそ、僕なんかでいいのか？　君は女の人が好きなんだと思ってた。ゲイだったのか？」

「……違うとは言ってません。俺はただ、一緒にあなたの恋人を探すと言っただけです」

同じ同性愛者なら、打ち明けたあのときに教えてくれたってよかっただろう。

気を悪くしたわけではないけれど、沈黙に宥《なだ》めるようなキスが降ってきた。

前髪を分けて額に。隆起《りゅうき》をなぞり鼻梁《びりょう》に。それから——昨晩触れることのなかった唇へと。

「……ん…っ……」

予期していたにもかかわらず、微かな驚きに声が零《こぼ》れる。ひくんと竦《すく》んだ身は、何度も角度を変えて押しつけられるうちに馴染んで力が抜けた。

自ら唇を薄く開いた。深くなるキス。沈み込んでくる熱っぽい舌に、静良井もそれを擂《す》り寄《よ》せ、生きもののようにからませる。

息が上がるのは早くて、頭がぼうっとなる。呼吸は苦しいけれど嫌じゃない。

たぶん、中上とするキスは気持ちがいい。

「……はぁ…っ」

解《ほど》ける頃には、吐息が熱を孕《はら》んだ。

「……キス、上手ですね」

見下ろす男は、どことなく不服そうな顔をしている。

「中上くん……」

「誰としたかは忘れても、キスのやり方は体が覚えてるってやつですか？　小脳が記憶してるんでしたっけ……ほかは？」

「……んっ」

「ほかも覚えてるか、俺に教えてください」

「あっ……」

首筋に下りた唇がくすぐったい。『自分だって手慣れていると感じるくらい器用じゃないか』と訴えたくなる手つきで、中上《うえ》はするするとシャツのボタンを外していく。

露《あら》わになった肌をキスが埋めた。リネンシャツの前が開かれ、這い下りる唇を肌で感じる。触れる他人の温度。息遣い。知っているはずなのに、なにもかも『今の自分』には初めてだ。

淡く色づいた乳首に口づけられ、静良井は身を捩《よじ》った。

「……い…やっ……」

不慣れな女の子みたいな声を上げてしまい恥ずかしい。彼のほうがずっと経験は豊富なんだろうかと思ったら、『キスが上手い』と不満そうに言われた理由が判る気がした。

初めてキスをしたばかりなのに、もう嫉妬めいたことを考えている。

「ふ…っ……あっ……」

ちゅくっと膨《ふく》れた尖《とが》りを吸われると、そこが感じるのが判った。

体が覚えている。うずうずとしたなにかが、弄《いじ》られる傍《そば》から生まれる。

触れられたところから。まだ、触れられてもいないところから。

「……静良井さん」

唇や舌で胸元へ悪戯《いたずら》な愛撫を施《ほどこ》し、手のひらは体を彷徨《さまよ》う。探られた中心が膨らんでいて、ひどく羞恥《しゅうち》を覚えた。

変な気分だ。日記を見せられないと思っていた中上と、日記みたいなセックスをしようとしている。

「やっ……あっ……」

コットンパンツの上から膨らみを撫《な》で摩《さす》られて、また声が出た。その下を確かめるべく服を脱がされる。

剝《む》き出《だ》しになっていく生白い両足。ベルトのないパンツを下ろしながら、唇が触れた。腿《もも》や膝《ひざ》へ。手で支え起こした脹脛《ふくらはぎ》にも、脇から愛《いと》おしむように触れる。

その瞬間、冷水でも浴びせられたみたいに静良井は我に返った。

中上を両手で突っぱねる。

「そこはっ、そこは触らないでくれ」

「……静良井さん」

忘れていたのが不思議なくらい、大きく引《ひ》き攣《つ》れた脹脛の皮膚。存在感のありすぎる火傷《やけど》の痕《あと》を察しないわけはなく、けれど中上に驚いた様子はない。

——やはり温泉で気がついていたのか。

「すみません、痛かったですか?」

半身を起こした静良井は、否定する。

「痛くはない。古傷だと思うから……でも、なんの火傷だか判らない」

記憶がないのだから、判るはずもない。身体に刻みついた傷跡すら正体不明でいることに、中上は改めて驚いたらしく息を飲んだ。

「そうか……そうですよね。本当に大丈夫なんですか? もう痛くないですか? 火が……怖かったりは?」

「怖いよ」

つい即答していた。

あの晩のように。歩道橋で会ったときのようにぽろりと本音を漏らす。

「僕は自分が怖い」

「……自分?」

訝《いぶか》る男の声に俯いた。

仄暗《ほのぐら》い部屋に浮かび上がる、伸びた足。女のように白いけれど、筋張っていて柔らかさはない。グロテスクな傷まで残した足は、視線を落としても目に映る。

「言っただろう。どんな人間か判らないって……本当は悪いことをしてたんじゃないかと、思うときがある。それで、逃げてきたんじゃないかって考えたり。もしかしたら、犯罪者かもって……」

「そんなわけないでしょう！」

強い声で、静良井のネガティブな考えは吹き飛ばされる。

中上ならそうしてくれると、期待したのかもしれない。

「絶対ないです。絶対、俺が保証します」

欲しい答えを、彼なら与えてくれると。

「どうして君に言い切れるの？」

「それは……」

黒い双眸が揺れる。根拠があるのなら、もしも何か知っているというなら、教えてほしいと願う。

その深みから上がってくるもの。見定めようとでもするように、静良井は凝視《ぎょうし》した。

中上は一点を見据えて口を閉ざし、眼差しの揺らぎが収まったかと思うと、静かにまた言葉を発した。

「だって、あなたは掠《かす》り傷も放っておけない人じゃないですか」

「掠り傷？」

「俺が歩道橋で助けたときの」

「ああ……でも、あれは僕が」

「悪い人なら、そんなの気にしませんよ。わざわざ絆創膏《ばんそうこう》を買いに走ってくれて、手当てしてくれて、あなたは絶対優しい人です。この傷だって……」

傷跡に添うように、手のひらを宛《あて》がう。

大きくて温かい。

優しいのはきっと——

「それに、俺が……好きになった人だから」

ぼそりとした声で、中上は口にした。

言葉で、初めて聞いた。

「中上くん……」

恭《うやうや》しく頭《こうべ》を垂《た》れるようにして、再び唇が足に触れる。まるでそうすれば傷跡が消えてくれるとでもいうようなキス。静良井は、今度は突っぱねなかった。

引き攣れた肌を、そっと慈《いつく》しまれる。

脱がせた服を傍らへ放った男は、静良井の立てた足の間へと深く割り入り、身を屈《かが》ませた。

這い上る唇は膝を辿《たど》って内腿へ。やがて口づけは違う色と熱を持ったものへと変化する。

「……あっ……」

下着を引き下ろされ、泣き濡れた性器に唇が触れた瞬間、静良井はしゃくり上げるような声を漏らした。

口に含まれて、堪《こら》えきれずに啜《すす》り喘《あえ》いだ。半身を起こしていることなどできずに、再び身を預けたベッドに体を摺り寄せ、小さく腰を揺すって快楽を受け止める。

目を閉じると、睫毛《まつげ》が濡れた。涙が出るほどの快楽は初めてで、性器は自分で慰《なぐさ》めるときよりずっと感じやすく、中上の口の中でとろとろに濡れてくる。

好きな男からの愛撫に歓喜した。先走りに潤《うる》んだ鈴口《すずぐち》から根元までしゃぶられ、舌や唇や、絡みつく指で蕩《とろ》けるほどに責め上げられて達した。

なにか声にしたけれど、よく覚えていない。意味なんて、夢で発した言葉と同じくらいにきっとない。

「……静良井さん」

「あ……」

羽織《はお》ったままのシャツを脱がされる。残った最後の衣類。引っかかったものに、首元がきゅっと締まり、中上の指がチェーンを手繰《たぐ》り寄せる。

「後ろに回ってしまって……」

首に下げたUSBだ。

「……外して」

静良井は言った。

今はいいと思った。

中上の前では、なにもいらない。昔も、今もなく。ただ自分であればそれでいいと、この瞬間は思えた。

換気の悪い部屋のように、自分の中に留まるなにかが熱に膨張《ぼうちょう》する。

「……ぁっ、ふ…ぁっ……」

静良井は逃そうと頭を振った。身の奥に飲んだ男の指を締めつけ、反対にすぐに緩んでしまう口元に手の甲を押し当てる。

「まっ、窓が……」

格子窓はいくらか開いているらしい。夜風に変わった海からの風に、ボイルカーテンは緩く膨らんではしぼんだりを繰り返している。

青みがかった月明かりが、部屋を淡く照らした。

「ご近所に聞こえるのが心配ですか？」

「ん…っ、うん……」

「大丈夫ですよ。お隣は空《あ》き家《や》なんです。それに……昼のカナリアのほうが、よっぽど静良井さんより鳴きます」

「でも…っ、あ…っ、あっ……や、ぁっ、もう……」

ぐるりと奥で指先を動かされ、静良井は腰を左右に揺らめかす。仰向《あおむ》けに横たわった身は、両足を畳《たた》んで狭間《はざま》を上向かされ、覆《おお》い被《かぶ》さる男は二本に増やした指でそこを慣らしていた。

男同士で繋がるための準備。潤滑剤《じゅんかつざい》の代わりになるものは、中上がどこからか持ってきた。なにを使ったのか判らない。そんなところは汚いと思うし、知識の上では同性間のセックスに使うと判っていても、理屈と現実はなかなか一つにならない。

なのに、静良井の体は忘れてはいなかった。

触れられていくらもしないうちから、入口は和《やわ》らいで綻《ほころ》んだ。まるで久しぶりの快楽を待ち侘《わ》びていたかのように、容易《たやす》く口を開け、ぬるつく指を迎え入れた。

「……ふっ……うっ、う…あ……」

頬が熱く、乾く間もない眦《まなじり》は濡れたままだ。

ぐずぐずと鼻を鳴らして時折しゃくり上げる静良井は、嫌がっていないのもまた知られていた。

咥《くわ》え直すように、長い指をきゅうっと締めつける度《たび》、張り詰めた性器からしとどに透明な雫《しずく》が溢れる。中を弄られるのが、ひどく感じる行為なのだと示してくる。

「やっ、いや……指、動かしたらっ、嫌…だっ……あっ、あっ……また…っ……」

「……また、イキそう？」

問われただけで、熱が上がる。

もう二回達した。口淫《こういん》とアナルへの愛撫と。知り尽くしているかのように弱いポイントを嬲《なぶ》られ、緩急《かんきゅう》をつけて擦《こす》られたら呆気《あっけ》なく噴いた。

自慰でも触れない場所で射精して。もう、自分が自分じゃないみたいだ。

こんな淫《みだ》らな体は知らない。

「……ぁっ、やだ……ダメだ、動かさな…っ、で……だめ……」

啜り泣いて懇願する。声も抑えきれない。本当にぽろぽろと涙が零れて、普段の取り澄まそうとする自分がどこにもいない。

中上の前では、もう繕《つくろ》えない。

空いた手で髪に触れられ、ひくりと喉を鳴らした。前髪を撫でつけた男は、露《あら》わにした顔に手を添えると、親指で涙を拭《ぬぐ》いながら尋ねた。

「静良井さん、ずっと……セックスはしてないんですよね？」

あまりに快感に弱く、驚いているのだろう。

だらしなく綻びそうになる唇を噛み、静良井は首を横に振った。

「……してないっ……忘れ……てからはっ、ずっと……するわけ、ないだろう…っ」

コーヒーを飲む相手もいないほど、一人きりの生活だったのだから当然だ。『今の自分』にとっては、これが最初のセックス。

なのに、さっきから気持ちと体がちぐはぐだ。

戸惑う心を置いてきぼりに、体が走りたがる。快楽に溺《おぼ》れようとする。

「こんなに感じやすいのに、静良井さんの体は放っておかれたんですね」

「あっ、あ……やぁ…っ……」

「いいですよ。何回イッても」

「でも…っ……まだ、君は…っ……」

「……俺がイクときも、またイカせますから」

言葉にぞくんとなった。

いつもよりさらに低めの艶《つや》っぽい声。穏やかだけれど、優しいだけじゃない。もしかして、中上のほうこそ、窺い知れない一面があるのではと思わされる。

――自分はまだ、彼のすべてを知らない。

知っているのはどれくらいなのか。

半分なのか、ごく僅《わず》かか。

目元に落とされたキスに、ぎゅっと目蓋《まぶた》を閉じる。指で拭いきれなかった涙を、舌先でれろっと舐《な》めとり、静良井の顔を愛《め》でるかのように中上は見つめた。

頬はずっと熱い。ひどくのぼせて、火照《ほて》っているのが自分でも判る。

「ふ…ぁ……」

ぐちゅぐちゅと音を立てて長い指を出し入れされているところが、甘く疼《うず》いて切ない。

このままでいるのが辛い。早く終えたい。もっと欲しい。もっと。

バラバラの思考が生まれては、一息に静良井を欲望の淵《ふち》へと引きずり込む。

「……もう…っ……中上くん、もっ……もう、して……」

「……なにを？」

「なに…っ…て……ぁっ……」

判らないはずがない。

自分にも、中上にも。

「君のっ……あっ、君の…でっ、して……なかっ……ぜんぶっ……」

深く沈めた二本の指で中を割られ、静良井は啜り泣きながら、そこに中上のものが欲しいと告げた。

指よりもずっと大きくて熱い。硬く張ったもので、奥まで擦ってイカせてほしい。

中上は自《みずか》ら服を脱いだ。静良井と同じく裸になると、一つになるべく体を重ね合わせる。

「……ひ…ぁっ」

中上のものが強く兆《きざ》しているのは、すぐに判った。

存在感は指の比ではない。先端に浮いた滑《ぬめ》りを擦りつけながら、突き進んでくる昂《たか》ぶり。静良井は懸命に受け止める。

「……ぁっ……ぅっ、う……」

「……苦しいですか？」

「ちが……っ……苦しく、ないっ」

やせ我慢などではなかった。

飲み込んだ質量に慄《わなな》きながらも、この行為が自分にとって自然なものであったと判るほどに、体は深い充溢感《じゅういっかん》を覚えた。

一つ一つ、快感へと変換していく。

「……ぁっ、あ……っ……ぁぁっ……」

穿《うが》たれたものに粘膜《ねんまく》は纏《まと》わりつく。力を緩めても、逃れようと尻を揺すってみても。中上が腰を入れてくる度、深く強く擦り立てられる。

奥をノックするように突かれると、とろっとしたものが噴き零れた。腹部で切なげに揺れる性器の先から、透明な雫は鈍《にぶ》く光る糸を引いて次々と滴《したた》る。

「すごいな、真文《まさふみ》さん……もうこんなに」

するりと名前を呼ばれて、ドキリとなった。

「あ……すみません、勝手にまた名前を……」

「いいよ？　呼んでっ……君に、呼んでほしいっ……僕の、名前……」

「じゃあ、俺も……衛《まもる》って呼んでもらえますか？」

求められて嬉しかった。

名前なんて呼び名にすぎないはずなのに、口にすることで特別になる。

「……もるっ……衛…っ……」

初めて呼んだ男の名前は、なおさら甘く響いた。舌の上で転がす飴玉《あめだま》みたいだ。やがて馴染んで、つるんとなだらかになって。

甘くて、甘くて――

「衛っ……」

飴玉を思い浮かべたら、口寂しくなったのかもしれない。

静良井は両手を男の首に回しかけた。

口を開けて、舌を覗かせる。赤く濡れて艶《なまめ》かしい舌先。少し外へと差し出したら、すぐさま口づけが下りてきた。

互いの粘膜を吸いつかせるように、舌をくねらせる。唇も重ねて、角度を変えて。どちらのものか判らない吐息が零れた。

ハァハァとうるさく鳴るほどに息を響かせながら、繋がれた腰でも互いを探った。開いた両足を深く畳まれ、ちゅくちゅくと淫らに湿った音を立てて、抽挿《ちゅうそう》を繰り返す。

大きくて、熱い。中上を感じる。

「……ぁっ、あっ……衛…っ……そこ、そこ…っ、あ…んっ……」

「真文さん……お尻、すごい動いてる」

「ふ……ぁっ……あっ……」

「ココ、気持ちいいです？　ここんとこ、擦られると感じる？」

「んっ……んんっ……う、んっ……」

「いいですよ、もっと気持ちよくなって……真文さんからも、もっと……して？」

緩慢《かんまん》な動きをされると堪らなくなって、静良井は自らも腰を揺すった。左右にもの欲しげに揺らめかし、思うように腰を弾ませ、恋しい男の猛《たけ》りを深く飲み込む。

突き上げるように与えてもらえずに前後にも。

「ん……っ、あ…ぁ……」

「……上手ですね。ああ、腹までぐっしょり……やっぱり感じやすいな、真文さんは」

「あっ、あっ……衛……っ……ち、いい……気持ちいい…っ……あっ、あっ……」

縋《すが》りついたままの頭を再び引き寄せ、激しいキスをした。合間に堪えきれなくなったように口にする。

「……好き」

自分の中に滞《とどこお》り続けて、膨張したものが溢れ落ちる。

「あっ、好き…っ……」

「……真文さんっ」

「ひぁ…っ……」

ぐっと深く突き入れられた。

めちゃくちゃに揺さぶって、貪《むさぼ》られる。

「あっ……あぁ…っ……」

「……好き？　真文さん、俺のことが好きなの？」

「んっ……うんっ、そう…だよっ？　でなきゃ、こんな…っ、こんなこと、するわけ…っ……」

強く抱き込まれ、食らいつくように首筋に歯を立てられた。闇雲に吸いつかれる。項《うなじ》や、鎖《さ》骨《こつ》の辺りにも。

体を繋いでも、壊れそうに抱いても、一つにならないのがもどかしいとでも叫んでいるようだった。

「俺もっ……俺も、あなたが好きだ」

窺い知ることのできない男の奥で、息を潜《ひそ》ませていた激情が噴き出す。

慄きながらも、求められることに心が騒いだ。体ごと熱く昂《たかぶ》る。

どちらが先だったか判らないほど無我夢中で、どちらでも構わないほどにただ欲しくて——

解放の瞬間は揃って迎えた。

「本気で一緒に探すつもりだったんです。真文さん、幸せそうだったから……こんなつもりじゃなかった」

天井へ向けて放たれる中上の言葉は、どこか懺悔《ざんげ》のように続いた。

探すつもりだったのなら、どうして見かけたことを教えなかったのだろうという思いはある。

静良井は口にしなかった。今は言葉にする気力がないのもあるけれど、今更答えを求めても意味がない。

ボイルカーテンが夜風を孕《はら》んで膨らむ。傍らの円柱形の鳥かごを撫でるように揺れる薄く淡いカーテンを、静良井は中上の肩口に頬を載せて見ていた。

「判っているよ。でも……僕が好きになってしまったのは、君だ」

ベッドの上の体は怠《だる》い。何度も何度も、おかしくなったみたいに求め合って。飢えが満たされたのと引き換えに、ひどく重たくなった体は泥のようだ。

これは、罪なのか。

些細《ささい》な情報を言わずにいただけの中上に懺悔が必要だというなら、自分には終わりのない罰が与えられるだろう。

触れ合う体が微かに揺れた。

「……真文さん、眠ってしまったんですか?」

静良井は返事をしなかった。

とろとろとした眠りに、少しだけついた。

夢を見ていた気がする。きらきらとした夢。金色の夢かもしれない。

中上の声も聞き取れずに眠りに落ちたのに、目を覚ましたのは、ほんの僅かな音がきっかけだった。

かごの中の鳥の羽ばたき。

なにかあったのか、ただの止まり木の上での方向転換か。

ぼんやりと目を開いて鳥かごのほうを窺った静良井は、ハッとなって身を起こした。

「い、今何時？」

隣で寝ぼけた様子の男が、ベッドサイドの小さなテーブルを探って、置時計を手にする。暗がりに眩しく灯《とも》った文字盤の明かりは、十時前を示していた。

「仕事の電話がかかってくるかもしれないんだった」

「えっ？」

「新しい仕事、もらえそうなんだ。それで担当部署から電話させるって、たぶん明日だとは思うんだけど……」

休日出勤中にわざわざ連絡をしたくらいだ、今日かもしれない。確認しなかったのを悔やむ。なにより、携帯電話を家に置いて出てきてしまった。

中上に会うことで頭がいっぱいで――

「泊まってもらおうと思ってたのに」

起きた静良井の傍らで、うつ伏せでベッドに両肘《りょうひじ》をついた男は残念そうに言う。くすぐったい提案にはにかもうとしたところ、余計なひと言が続いた。

「そしたら、続きができたのに残念です」

「……バカ」

やっぱり思っていたのと少し違う男だ。また一歩、中上を知れたような気がする。

軽口を突っぱねられた男は、『ふふっ』と嬉しげに笑った。珍しく柔らかな微笑み。もっと、今度は明るいところで見たいと思った。

遅れて起き上がった中上が部屋の明かりを点《つ》け、静良井は服を身に着ける。

送るつもりのようだったけれど、『女の子じゃないんだから』と断った。家まで送ろうものなら、往復で四十分だ。

ここでいいと、まだ眠たそうな男にベッドに戻るよう促《うなが》し、身支度をすませる。

「明日、また来るから」

照れくさい思いで言う。

「はい。また、明日」

極普通の短い返事に、心が小さく躍《おど》る。

部屋を出る際、急に点《とも》った明かりに朝になったと勘違いしたのか、カナリアが鳴いた。

ピューイピューイと引き留めるようにさえずり、止まり木の上で体を揺らす。驚く静良井は、カナリアにも『また』と挨拶《あいさつ》を送った。

階下に下りて、いつもの喫茶店の入り口から外に出て。振り仰ぐと、想像したとおり窓辺に中上がいた。

一人と鳥かごの一羽に向けて手を軽く振り、静良井は坂道を歩き出す。

ずっと見送られている気がして、何度か振り返ろうとしたけれど止めた。

一度でも振り返ったら、中上は自分が見えなくなるまで見送らずにはいられなくなるだろうと思ったから。

下り坂の先で街明かりが揺れる。海は見えないけれど、夜空には星が出ていた。見える世界が、小さな明かりに満ちている。

十字路に辿り着けば派出所だ。俯いて通り過ぎるのが常の掲示板の前を、なんの気なしに通りかかろうとして、例の指名手配犯のポスターの上に、『ご協力ありがとうございました』と簡素な白い紙が貼られているのに気がついた。

犯人は検挙《けんきょ》されたのか。

詳しくは判らないけれど、自分とは無関係であったことだけはたしかだ。一瞬足を止めた静良井は、ホッと微かな息をついた。

とても開放的だった。初夏の夜の風は穏やかで、ストレスを感じるものはなにもない。風が優しく、夜空に星が出ているというだけで、人は満たされた気分になれる夜もある。

大通りまで出ると、歩道橋を渡る。

ふと、声が聞こえた気がした。

ピューイピューイと鳴く、鳥のさえずり。

歩道橋の足元を、轟音《ごうおん》と共に過ぎるトラックの積み荷が軋《きし》んだ音だったのかもしれない。あるいは幻聴。あるいは。

静良井は、振り返らないと決めた洋館のほうを見ようとした。

中上はとうに部屋に引っ込んでいる。ただ、明かりが見えるかもしれないという思いだった。

高台の家々の中に、中上のいる部屋の窓明かり。

「わっ……」

身を反転させた瞬間、ズッと足元が滑《すべ》った。

雨が上がって随分経《た》つのに、歩道橋の階段は濡れていて、静良井は縁《へり》に足を取られた。

星の瞬《またた》く夜空が回る。月光。自らの意思とは関係なく頭上を仰いだ顔を照らす。

後方へバランスを崩した静良井は、反射的に首元に手をやった。

赤いUSBメモリ。命綱であるそれを握り締めようとして、掴むものがなにもないことに気がついた。

シャツの上にも下にも、なにも。

夢中になってベッドで中上に外してもらったＵＳＢは、部屋のサイドテーブルに置かれたままだ。

いっそ気づかなければ、満たされたままに世界を暗転させることができたのに。

一瞬のうちに、静良井はそれを悟《さと》った。

もう、自分が戻れないことを。

思い出は、なんの変哲もない石のようだ。

生まれる傍から消えていく。

小さくて、有り触れていて、たくさんあって、なのに一つしかなくて。なだらかで、ざらついていて、くすんでいて、きらきらしていて。

ある日、ふと気がつく。

拾い上げた瞬間に。握り締めた手から離す瞬間に。いつも放ってから気がつく。

もう、戻らない。

さようなら。

act 2

僕という人間の始まりを『僕』は知らない。

最初に覚えているのは星の瞬《またた》く夜空。誕生した病院の天井でも、母親の顔でも、よく遊んだ公園の遊具からの眺めでもなく、夜空にぽっかりと浮かんだ月。

歩道橋の階段に寝そべって見た眺めだ。

五ヵ月ほど前、『僕』はそこで生まれた。

◇◇◇

パンッと鳴ったクラッカーの音とともに、『おめでとう!』という歓声と拍手が周囲で弾《はじ》けた。

リビングのソファでは女性が小さな驚きの声を上げ、ロングストレートの髪に銀色のテープが舞い降りる。

静良井《しずらい》真文《まさふみ》は、ソファの背後でこの瞬間を待っていた。柔らかな笑みを浮かべ、隠し持った腕に余るほど大きな花束をタイミングよく差し出す。

「優里《ゆり》さん、ご婚約おめでとうございます!」

赤やピンク。ローズやラナンキュラスにチューリップ。ぎゅっと鮮《あざ》やかな色を集めた花束は、部屋にいつもデリバリーで届けてくれている花屋に、アレンジメントを頼んでおいたものだ。

イメージは『甘い未来』。ワンピースの胸元に抱えさせられた彼女は、ようやく状況を理解したらしく、友人や知人たちを見回すと「びっくりした、ありがとう！」と顔を輝かせた。親友の女性が赤いフランボワーズでコーティングされたハート形のケーキを運んできて、その場は温かな祝いの空気に包まれる。

週末の夜、十五名ほどのゲストを招いてのホームパーティだった。花は彼女の腕の中だけでなく、広々としたリビングのそこかしこのフラワーベースで空間に華やぎを与えている。

隅々まで妥協《だきょう》なく美しい部屋は、中央のグリーンのファブリック地のソファセット以外にも、広いベンチソファがいくつかあり、人数の多い来客にも対応できる。

パーティはいつも用意した広いテーブルに並べた食事を取りつつ、自由に寛《くつろ》いで楽しむスタイルだ。

「サプライズをしようって言い出したのは、久遠《くおん》さんなんですよ」

静良井が種明かしをすると、彼女と同じソファの端に腰をかけた男が、やや照れくさそうに微笑《ほほえ》む。

「ちょうど優里さんの結婚話を耳にしたところだったし、これはお祝いしなきゃってね」

久遠光彬《みつあき》。三十五歳の彼は、チェリーカフェの代表取締役社長だ。関東圏を中心に事業を拡大させ続けているカフェレストランチェーンで、今日は年末に向けて力が入るケータリングサービスの試食会を兼ねてのパーティだった。

仕事関係の繋《つな》がりで顔も広く、友人知人の多い彼は時折こうしたパーティを開く。身近な人たちの反応を知りたいと言って。

父親の跡を継いだ二代目だが、若いせいか見た目はどこかのベンチャー企業の社長のようだ。衣食住では、仕事である食よりも衣装と住まいに拘《こだわ》りのある彼は、スーツではないジャケットにパンツのファッショナブルなスタイルで出社することもある。

育ちのよさが滲《にじ》む柔らかな物腰のハンサムで、取材などで雑誌に載ると見栄えがすると広報の社員が誇《ほこ》らしげに語っていた。

そして、クリーニングから戻ったばかりの白いシャツに折り目のきっちりとしたベージュのパンツ姿の静良井は、この部屋の同居人であり彼の部下だ。

そういうことになっている。

今は秋、十月の終わり。五ヵ月ほど前の五月に、静良井は歩道橋から落ちて記憶を失った。幸い怪我は大したことがなかったが、自分の名前も年齢も思い出せない状態で、当然住所も判《わか》らず、数日の検査入院の末に、警察からの連絡で迎えに来たのが久遠だった。

彼が以前出した捜索願が役に立った。

あろうことか、二年近く前にも自分は記憶を失くして行方不明になったらしい。今回よりも長い間。なにも覚えておらず、痛みなどの不具合もないが、医者の話によると自分の脳は記憶障害を起こしやすいのだそうだ。

全生活史健忘《けんぼう》。それ以上の病名があるわけではない。何度も繰り返しているという結果から導き出された答えにすぎず、治療法はなかった。またいつか起こるやもしれない喪失《そうしつ》に備《そな》えて、注意して過ごすしかない。

血縁者ではない久遠は、捜索願はコネを使って受理してもらったという。警察にも通用するコネとはどういうものか判らないけれど、継いだ父親の人脈はよほど強力なのだろう。

二年もの間休んでいた仕事にも、静良井は社長のプッシュのおかげで職場復帰を果たした。

「これ、すごく美味《おい》しい！」

窓辺には黒革のベンチソファが並んでいる。シャンパングラスを手に座ったところ、傍《そば》の先客が声をかけてきた。

久遠と同年代で、コンサルティング業を営《いとな》む女性だ。

「ありがとうございます。来月からメニューに加わる予定のデザートタルトなんですよ」

「有能なコーディネーターの復活で、チェリーカフェも安泰《あんたい》ね」

「僕なんて、ただの一社員です」

「あら〜有名よ。光彬くんが跡を継いだばかりの頃、ちょっと経営が厳しくなってたチェリーカフェが新人のあなたのアイデアで生まれ変わったたって」

「みんな大げさに言ってるだけですから」

――たぶん。

過去の自分の手柄など知る由《よし》もない静良井は、笑って誤魔化《ごまか》す。

逆に自信と余裕に満ちた表情にでも見えたのか、フーンと意味深な微笑みが返ってきた。

「このラズベリーのソースも静良井くんの提案なんでしょ？」

「あ、それはなにか色が足りないのが気になったので。味は完成形の自信作なのに、見た目で足りないのは惜しいですからね。まずは目を引いて、注文したいと思ってもらわないことには」

「食は見た目が大事だものね。赤って、なにより食欲をそそる色だし」

「ええ、これからのクリスマスシーズンにもぴったりですしね」

とはいえ、自分は単純に赤が好きなのかもしれなかった。

赤い花。赤いケーキ。目の前の女性のストールにちりばめられたレオパードの赤い柄。こうして部屋を見回しても、つい赤という色を注視する。

そんなときは決まって静良井は胸元に手をやろうとした。鳩尾《みぞおち》の辺りだ。どうしてなのかは判らない。

ただの条件反射か。

——なんの反射だ？

おかしなもので、自分自身のことなのに判らない。空っぽになった心には、まるで新生活に向け購入した家具でも配置するように久遠や周囲の人々に教えられた事実が並び、最初は居心地の悪かったその場所にもようやく馴染《なじ》んできたところだ。

自分は静良井真文、二十八歳。チェリーカフェの新規事業推進部に所属するフードコーディネーターで、久遠光彬の同居人であり——秘密の恋人。

『恋人』の部分は誰も知らない。同性であるから隠すのは自然なことだろう。

元々昔馴染みだったという久遠は、同居は記憶障害の起こりやすい体のためと周囲に説明している。

自分は天涯孤独の身の上らしいけれど、長い付き合いの彼のサポートのおかげで、なに不自由なく暮らしている。

「ママ~見て、おっきな船！」

ホッと一息つけば、今夜のゲストで最年少の少女が高い声を上げた。

窓辺に駆け寄った小さなレディは、床から天井近くまで続く大きなガラスの壁に身を寄せ、暗い海を行く光の船に視線を向ける。

この部屋は高層マンションの最上階にある。みなとみらいエリアを代表するマンションの一つで、抜群《ばつぐん》の眺望は横浜の美しい夜景を港からベイブリッジまで堪能《たんのう》できた。

「キレイ~麻里亜《まりあ》も高いところに住みたい！」

「ダメよ、パパは高所恐怖症だもの」

「えー」

「そうだ、今度葉山《はやま》に買う予定の別荘なら考えてくれるかも。麻里亜がすっごく喜ぶって知ったら、パパ気が変わるんじゃないかな？　ママと一緒にお願いしてみる？」

「ホントにっ？　うんっ、お願いする！」

フリルのワンピースの裾《すそ》が弾《はず》むほどに少女は飛び跳ね、その様子を見ていた静良井は母親と目が合った。

「あの人、どうせたまにしか行かないんだもの。私も一度マンションに住んでみたくて」

ふふっと母親ははにかんで微笑み、静良井も応《こた》えるように笑んだ。

金銭的に不安のない暮らしは、それだけで充分幸せだ。人生の悩みの一つから解放され、心に余裕が生まれる。

久遠の周りにいる人々は、みなその幸せの中に身を置いている。

自分もとりあえず今はその一人だ。


コポコポと沸騰《ふっとう》し騒がしく鳴っていた電気ケトルのスイッチが切れると、部屋は元の静けさに満たされた。

賑《にぎ》やかだったゲストたちが帰り、しばらく経《た》つ。清潔感のある白いアイランドキッチンからは、リビングをただ一人動き回る久遠の姿が見えた。

なにをしているのか、静良井は知っている。ゲストの目に触れぬよう隠しておいた写真を元に戻す作業だ。

この部屋には無数のフォトスタンドがある。まるで外国人が家族や恋人の写真を並べたがるように、久遠も自分との仲睦《なかむつ》まじい姿を目に触れる場所に置きたがった。

目が合うと、決まり悪そうにしつつもこちらへ歩み寄ってくる。

「いつもあるべきところにあるものがないと落ち着かなくてね」

「そんなこと言って、もししまい忘れたらどうするんだよ？　そのときは思い切ってカミングアウトしちゃう？」

冗談まじりに問うと、てっきり「そうしよう」と笑って応えるかに思えた久遠は、神妙《しんみょう》な面持ちで応えた。

「そうならないように数を確認してる」

恋人としては寂しい限りの答えだが、彼の立場を考えれば納得はできる。私服も隙なく整え、部屋にたくさんの花を飾って客人をもてなす彼は、完璧主義なのかイメージを大切にするところがある。

「早速《さっそく》、一つ戻し忘れてるけどね」

キッチンにも写真は飾られており、クリアなガラスのフォトスタンドを静良井は起こした。

「最後に戻そうと思っていただけだよ？」

負けず嫌いなところもある久遠の言葉に、思わず笑った。

淡いピンクが目に焼きつく写真は、満開の枝垂《しだ》れ桜の元で撮られたものだ。木の下に二人は並び立っており、セルフの接写ではなくやや遠方から写されていた。

「花見で通りすがりのカップルに写真を頼まれてね。代わりに僕らもお願いしたんだ。君の髪についた花びらを取ってたら、もうシャッターを切られてしまって。だから写真としては失敗なんだけど、僕は結構気に入ってる」

「うん、判る気がする。いい写真だね」

写真の中の、カメラではなく髪に触れる久遠の顔を見つめる自分の眼差し。なにより親愛を表わしているように見える。

残された数々の写真が、彼との関係を修復した。

記憶を失って目覚めたとき、静良井にとって久遠は他人だった。初めて目にする、赤の他人。彼だけじゃない。どんな深い繋がりがあろうと、認識するために必要なデータのすっぽり欠けた身には、この世のすべての人間が初めて目にする『誰か』にすぎなかった。

誰か。誰か。

みんな、知らない誰か。

もしもそのまま一人だったら、塞《ふさ》ぎ込《こ》んで部屋の片隅でじっと膝を抱えているような自分になったかもしれない。

久遠のこともすぐに信じたわけではなかったけれど、写真が彼への警戒を解《と》かせた。彼の隣でフレームに収まる自分は、いつも安心しきったように笑っていた。

「いい匂いだ」

コーヒーを淹《い》れる作業に戻れば、久遠が背後から手元を覗き込んできた。

「挽《ひ》き立《た》てだよ」

「真文のコーヒーはいつも挽き立てだろう?」

「うん、まぁそうなんだけどね」

「ペーパードリップでも、淹れるコツとかあるの?」

「特別なことはないけど、充分に蒸らすことかな。粉が膨《ふく》らむのをじっくり待ってから、お湯は数回に分けて注《そそ》いで……」

チェリーカフェの二代目社長だが、実のところ久遠はワイン好きでコーヒーには拘りがない。自分から訊いたくせして、関心の薄い男はするりと静良井の腰に腕を回してくる。肩に乗っかった顎《あご》がくすぐったい。

「み、光彬さん」

「いいから、続けて」

「……こうやって、ペーパーに当たらないよう湯を落とすんだよ。ペーパーについた粉を流すように入れると、水っぽくなって薄くなるから。中心に軽く円を描いて、細く、長く」

加減してケトルの湯を注ぎ、後はサーバーに落ち切るのを待つだけになったところで身を反転させられた。

「あ……」

バランスを崩すと、咄嗟《とっさ》にまた胸元の『なにか』を摑むような仕草をする。

「まだ、気になるんだ？」

「う、うん、すっかり癖っていうか……なんだろうね。なにか首から下げてたとか？」

「子供の頃に鍵っ子だったなんて話は聞いてないけどな」

考えを巡《めぐ》らそうとしたけれど、降りてきたキスに「んっ」となった。

力を抜いて寝そべれば、キッチンの作業スペースのひやりとした固い感触が、一息に上がりそうになる熱を冷ますように背中や後頭部に触れる。

ふと、スクエア型の大きなガラスのフラワーベースが目に留まった。花束のように活《い》けられた花は、清廉な白いカラーだ。食卓には清潔感があっていい。

鮮やかなグリーンの茎《くき》が、行儀よく整列したように並んでいるのがガラス越しに見える。まるでストライプのアートのようだ。隙間なく、ガラスの底から水面を突き抜けるように真っ直《ます》ぐに、列を乱さず姿勢よく。

「真文？」

訝《いぶか》る声に、静良井は視線を恋人に戻すと微笑んだ。

「綺麗だね。作りものみたいだ。このアレンジメントのイメージはなんて頼んだの？」

両腕を首へ回しながら問うと、引かれるままに身を落とした男は、耳元へ唇を寄せて答えた。

「完全な幸福」


週末の静良井の行き先はカフェが多い。

仕事に役立てばという思いもあるけれど、久遠によるとカフェ巡りはどうやら自分の昔からの数少ない趣味だった。

初めての店のドアを開けるときの軽い緊張感。いつもの店の気の置けなさ。どちらも心地いいものだ。引っ張り出せる記憶をなくした静良井には、最初はすべてがドキドキの連続だった。

今日は一人ではなく、ランチを兼ねて久遠と出かけた。

「ここはウォーキングの途中で見つけたって言ってたっけ？」

店の落ち着いたダークブラウンのテーブル越しに向き合う久遠は、窓辺の景色に目を移しつつ問う。

セージグリーンの木枠《きわく》の窓からは、高台の下に広がる街並みとその先の海の青い色が見える。

秋晴れながら風は強く、波は随分と高いようだ。距離があるにもかかわらず、白い波が細かな傷でもつけるように海原に無数に走るのが確認できる。

「うん、偶然辿り着いてさ」

夏に住宅地の中に見つけた小さな洋館は、喫茶店で『カナリー』という。

「うちからここまで歩いたら一時間はかかりそうだけど」

「五十分くらいだよ」

反論するように返せば、久遠は一時間も五十分も同じだと言いたげな表情で、静良井は苦笑した。久遠と一緒の今日は車で来ている。

「あの日は天気が良かったからついね。ちょうど喉《のど》も渇《かわ》いたところに見つけて助かったよ」

天気がよくとも長時間歩くには適さない真夏日だった。海際を軽く歩くつもりで出たマンションから、ふと思い立って目指したのはこの近くの歩道橋だ。

半年前に足を滑《すべ》らせた場所。身元を示すようなものも持たず、夜間に何故そんなところをうろついていたのだろうという疑問は今も燻《くすぶ》っている。

同じくウォーキング、ただの気まぐれな夜の散歩だったのか。

ここが歩道橋の傍《そば》であるのに久遠は気づいているだろうけれど、なにも言わないので静良井からは触れないことにした。

過去をいつまでも気にしていては心配をかける。最初の頃がそうだっただけに、今は久遠の前ではなるべく笑顔でいようと心がけていた。

テーブル越しに見つめ返すと、静良井は目を細めて微笑む。

「でも、良い店でしょ？」

「ああ、まぁね。雰囲気もいいし」

「家でいつものコーヒーもいいけど、カフェや喫茶店は気分転換にちょうどいいよ」

「見飽きた顔も新鮮に映るって？」

「そんなことは言ってないだろ。光彬さんのほうこそ、僕の顔にはもう飽きてたりしてね」

久遠にとっては、ずっと見続けている馴染みの顔だ。

静良井には、まだ半年足らずの付き合いに思える自分の顔であっても。

「お待たせしました」

不意に響いた声に、ハッとなって傍《かたわ》らを仰《あお》ぐ。

食後のコーヒーが運ばれてきたのに、気がついていなかった。グレーのシャツに黒いスラックス姿で銀のトレーを手にした男は、この店のマスターだ。店主にしては随分と若く、自分よりいくらか年下に見える。

「オリジナルブレンドのホットです」

背の高い男は、座った二人の遥か高みから声をかけた。耳によく馴染む低音に威圧的なところはないけれど、事務的とも取れる素っ気ない響きだ。

「ああ、ありがとう」

「いえ」

それぞれにカップを出し終えると、「ごゆっくりどうぞ」と判で押したような声かけをして、身を引くようにさっと立ち去る。

「今の会話、聞かれたんじゃないかな」

久遠が心配げにぼそりと言った。

男女のカップルのようなやりとりだったかもしれない。喫茶店の店主に関係を知られたところで不都合はないものの、久遠の気に病《や》む様子にフォローした。

「大丈夫だよ。ここのマスターはいつもあんな感じっていうか……愛想《あいそ》はないから。この店、コーヒーはすごく美味しいんだけどね」

週末にもう何回も利用している。

久遠とランチがてら来るのは、二度目だ。

「店長、ラテアートってできますか？」

カウンターから女性の声が聞こえた。パッツンな前髪にアップスタイルの若い女の子は新人のバイトらしく、通い始めた頃は接客も覚束《おぼつか》ない感じだった。

空《す》いた店だけれど、常連はいるようだ。どうやらマスターのルックス目当ての女性客もいて、その顔立ちが端整なイケメンであるのには静良井も早いうちに気がついた。

もっとにっこり笑えば、近所のマダムだけでなく遠方の女性客だって呼び込めるだろうに——なんて。

「真文、彼が気になる？」

久遠の声に視線を戻す。

「え？　ああ、この店はラテアートもやるのかなって。アレンジコーヒーは飲んだことがないから」

「君はブラック派だろう？」

「うん、まぁそうなんだけど、まったく興味がないってわけでも……」

コーヒー本来の味わいを感じられるのは、やはりブラックなので、なかなか気が向かないというだけだ。

テーブルのメニューに手を伸ばしかけ、動きを止める。

どこからか、鳥の鳴き声が聞こえた。

ピューイピューイと高く鳴いたかと思えば、ピロロロと軽やかに歌う鳥のさえずり。

「カナリア？」

久遠は主《ぬし》を探すように窓辺を窺う。

「白カナリアだよ。たぶん二階で飼ってるんじゃないかな」

「白？」

「カナリアは黄色以外もいるんだ」

「そうじゃなくて、色までよく判るね。見たの？」

「え……」

言われて初めて、自分の言動がおかしなことに気がついた。

声だけで色まで判るはずもない。

「そういえば……店の名前も、『カナリー』ってたしかカナリアの意味だ」

一体、どこで覚えたのか。

こういうことは実は珍しくはない。

記憶を喪失したと言っても、本当の意味ではすべてを忘れたわけではないからだ。自分がなくしたのは主にエピソード記憶と呼ばれるもので、脳の海馬《かいば》や大脳皮質《だいのうひしつ》が深く関わる。

一方、記憶の種類が違えば、保管される場所も異なる。たとえば、小脳や大脳基底核《きていかく》に記録されていると言われる手続き記憶。エピソード記憶が欠けてもそれらは機能し、体が覚えているかのように手足が動く。知識に関わる意味記憶もそうだ。

記憶障害だからではない。自覚はなくとも、誰もが日常的に体験していることだ。

文字の読み書きができても、学んだときの記憶はほとんど残っていない。思い出はなくとも、ペダルに足をかければ自転車を漕《こ》ぎ出せる。スキップの仕方、口笛の吹き方。紙飛行機の折り方、飛ばし方。

遠くへ。ずっと遠くへと飛ばそうとするとき、身を乗り出し手を伸ばすのも、誰に教わったのか知らないまま当たり前にこなす。

誰もが日々忘却しながら過ごしている。経験に対し、覚えていられることはほんの僅《わず》かだ。

今、確かに目の前にあるこの一瞬も、また忘れる。

「カナリアにはなんだか縁があるな」

ぽつりと久遠が呟くように言った。

「そうなの？」

「僕も以前は飼っていたんだよ。色は普通の黄色だったけどね。君も可愛がってたな」

「……ごめん、覚えてない」

「いいんだ。判ってる」

詫《わ》びると、久遠は緩《ゆる》く首を振る。

判ってる。そうやって、自分は小さな失望と諦めを、目の前の優しい恋人に何度繰り返させているのだろう。

彼だけじゃない。認識さえできないだけで、気づかないところで、きっと自分に関わった誰かを失望させ続けている。

場合によっては、深く傷つけもするだろう。

「彼、名前なんていうの？」

「え、店長？　知らないけど……」

不意に問われて戸惑った。チェリーカフェのような制服も名札もない、個人経営の店だ。

「そうか。いや、若いのにオーナーマスターってのはすごいね」

久遠は緩く笑み、他愛《たわい》もない話に戻った。

コーヒーを飲み終え、勘定《かんじょう》をすませると、いつもどおり愛想のないマスターの「ありがとうございました」という声に背中を押されて店を出る。

駐車スペースに停めた車に乗る間際、カナリアの声がまた聞こえ、静良井は二階の窓を仰いだ。カーテン越しの室内は、姿はおろか鳥かごすら見えない。

まして、鳥の羽色など判るはずもなかった。

「いやぁ、本当にね、指名できるものならあんたにずっとお願いしたいくらいだったんだよ」

板前姿の男は湯呑《ゆのみ》を出しつつ、久しぶりに顔を合わせた親戚のように静良井のスーツの背を叩いた。

「ありがとうございます」

週が明けての月曜日。開店間際の割烹《かっぽう》のテーブル席にいるのは、訪問した静良井一人だ。一見、カフェとは無関係の老舗《しにせ》の料理店にも、チェリーカフェはコーヒーを卸《おろ》している。

現在、事業は創業当初からの喫茶部門に加え、レストランやケータリングを扱うチェリーカフェダイニング、手軽に職場で味わってもらうオフィスコーヒーと様々に展開中だ。

そして、静良井のいる新規事業推進部が以前サポートしていたのが、和食店への本格コーヒーマシーンの貸し出し事業だ。

どこにいても食後はコーヒーを飲みたいという客はいる。和食であってもそれは同じで、専門店の味を是非提供してもらいたいと力を入れてきた。

たかがコーヒー一杯といえど、注文が増えれば店の利益にも繋がる。

「あれからもう四年とはねぇ」

「そう……なりますね」

「月日が経つのは早いもんだ。いつの間にか娘も学校卒業して社会人だもんなぁ」

静良井は苦しい相槌《あいづち》代わりに、口元に笑みを浮かべた。

なかなかに気のいい店主なのは判る。自分をとても買ってくれているらしいのも。ただ、いくら上面《うわつら》の話を合わせても、静良井には仕事を共にした記憶がない。

目を通した資料で入れた予備知識が頭にあるだけで、共有したはずの苦労も、男の心を動かした自ら《みずか》の努力も、一切思い起こせない。

「あのとき、あんたと一緒に強く勧《すす》めてくれた娘にも感謝しねぇとな！　学校行ってた頃は、いつもその辺チョロチョロしてたもんだが、就職してからは忙しくてさっぱりよ。まぁ、やりたい仕事だってんだからいいんだけどよ」

「娘さんはどんなお仕事を？」

「……は？」

「あ、今就職なさったと……」

――しまった。

強張《こわば》る男の表情に、今のは失言であったと悟《さと》った。

「なんだ、あんたもしかして覚えてないのか？　まぁ……うちみたいな小さい店はいちいち覚えてられねぇだろうけど。娘はあんたんとこの会社に就職したってのに」

ありえないと言いたげな男の目つき。急速に冷えた空気は、静良井が店を出るまで元のようには復活しないままだった。

――神奈川本部川崎店、タヤマミユキ。

「……この子か」

店を出ると、慌てて道路脇にしゃがんでノートパソコンで社内データを検索し、該当《がいとう》の女子社員を確認する。店舗勤務のスタッフだ。接する機会はなく、気づかないのも無理はないが、静良井は深く項垂《うなだ》れた。

また、やってしまった。

名刺に『記憶喪失』を特記しておくわけにもいかず、失言は日常茶飯事。過去に付き合いのあった得意先は、以前の自分に好感を持ち、期待をしてくれていることの多い分、失望も大きい。

いっそ端《はな》から期待などされない鼻つまみ者だったほうが、どんなに楽かしれない。

今日に限って同行するはずの社員もおらず、サポートもなく一人だった。

気を滅入《めい》らせつつ、午前の外勤を終えて戻ると、忙しさを理由に残ったはずの社員がエレベーターを降りてすぐのドリンクコーナーでのんびりと休憩していた。

「記憶喪失だかなんだか知らねぇけど、納得いかないと思ってる人間のほうが多いわけよ」

タイミングも悪く、いきなり自分の陰口で出迎えだ。静良井は手前の通路を過《よ》ぎるに過ぎれず、壁際に身を潜《ひそ》めた。

「あんとき急に休まれて、穴埋めがどんだけ大変だったか。入社も休職も復職も全部コネ、そんなのうちの会社であいつだけだぞ」

「他社にもいないだろ。なにしろ記憶喪失だからな。関東……いや、日本中探しても、そうそういないかもなぁ」

「『ここはどこ？　私は誰？　仕事ってなに？』ってな。俺もそんなこと言ってみたいわ」

続く二人分の笑い声。静良井は収まるのを待って、話題が変わったところで、さも今エレベーターを降りてきたような顔で前を過ぎった。

「お疲れさまです～」なんて爽《さわ》やかに挨拶《あいさつ》まで添える自分は、見栄っ張りを通り越してもはやホラーだ。

気まずそうな顔をされても、特に胸は空《す》きもしなかった。

周囲に迷惑をかけているのは本当のことだ。

いくら忘れたのはエピソード記憶だけと言っても、すべての知識が意味記憶として都合よく残っているわけではない。仕事として必要な知識もポロポロと欠けており、脳内の保管場所を誤《あやま》った自分を責めたくなる。

フードコーディネーターの資格も、今はただの紙切れの証書にすぎない。

抜け落ちたものがあまりにも膨大《ぼうだい》すぎる。

しったかぶり。今の自分に最も似合う言葉だ。上面の知識で取《と》り繕《つくろ》い、昔と変わらず仕事がこなせる振りをしている。

戻ったフロアの静良井の机は、キャビネットから取り出した資料がお守り代わりのように常に山積みだ。仕事の合間を縫《ぬ》って、昼休みは資格のテキストも開く。

今の業務に、フードコーディネーターの知識は必ずしも必要ではないけれど、人間関係の修復が困難な以上、できそうなところからコツコツとだ。

「私ももう覚えてませんよ？」

ワンハンドで食べられるサンドイッチ片手にテキストを開いていると、見かねたように向かいの席の女子社員が声をかけてきた。

漫画みたいな病気でも、同情してくれる人もいる。ありがたく思いつつも、慰められるのもまた居たたまれない。

「中野《なかの》さんって、資格はいつ……」

女子社員のほうを見た静良井は、彼女のノートパソコンの傍らに置かれたものを目にして、ドキリとなった。

「それ、なんです？」

赤い色。板状のスティックに、色にひかれただけとは思えないほど、心臓がドクドクと鳴り出す。なにがそれほど衝撃なのか。

「ただのＵＳＢメモリですよ？」

短いチェーンがついており、キーホルダーになっているようだ。

「私物？」

「ええ、まぁ……データのバックアップ用です。って言っても、取ってるのはペットの写真くらいですけど……気になります？」

「はは、赤い色だからかな」

自分でも理由のはっきりとしない静良井は、そう言って苦笑《にがわら》った。


ついた溜め息は、歩道橋の足元を轟音《ごうおん》とともに走り抜けていく大型トラックに、消し去られた。

仕事はほぼ定時で終わったにもかかわらず、静良井は真っ直ぐに帰るのを躊躇《ためら》い時間を潰しにきた。

閉塞感《へいそくかん》を覚える夜。空元気《からげんき》を装《よそお》っても、こんな日は久遠の前でも本音が漏れてしまいそうだ。

恋人なら――家族なら相談すればいい。仕事が上手《うま》くいかないと。大口を叩いて働きたいと言ったけれど、本当は自信などとうになくしているのだと。

――言えない。

心配をかけたくないなんて、本当はただの意地っ張り。こんな場所へきてもなにが変わるわけでもないのに、気づけばまた足が向いていた。

辺りはすでに夜の空気だ。触れた手摺《てすり》の冷たさに静良井は歩道橋へもたれるのはやめ、街明かりをぐるりと見回す。

一点で目を留め、ついで腕時計を見た。

「まだ間に合うか？」

疑問形で呟きながらも、体はすでに動き出していた。この辺りで静良井の知る場所など、坂の上にあるあの店くらいだ。

喫茶カナリー。国道を離れ、高台へと向かった。小さな派出所のある十字路を越え、続く急《きゅう》勾配《こうばい》の坂道へ。歩道橋から目にしたとおり、洋館の格子窓《こうしまど》には明かりが灯《とも》っていたものの、店内に客の姿はなかった。

まだ閉店時間ではないはずだが、平日のこんな時間に来るのは初めてだ。

「あ……もう終わりかな？」

カウンターの店主の男と目が合った。急にドアを押し開けて入ってきた自分に目を瞠《みは》らせたのは一瞬で、すぐにいつもの淡々とした表情と声に戻る。

「いえ、やってますよ。どうぞ」

明らかに後片づけをしていた様子ながらも促《うなが》され、「じゃあ」と中へ進んだ。

コーヒー一杯だけと手近なカウンター席に腰を下ろし、一息ついたのも束《つか》の間《ま》、すぐに後悔した。

本当に誰もいない。女性バイトの姿もなく、愛想のないマスターと間近で二人きり。

――このうえなく気まずい。

注文も『いつもので？』などと気安く問われるはずもないいつもの接客で、静良井もお決まりのオリジナルブレンドを注文した。

カウンターの内と外は、一つのテーブルで向き合っているのと変わらない距離だ。曲名も知らないＢＧＭのジャズのサックス音に静良井は縋《すが》るように耳を傾け、豆を挽く音がゴリゴリと響き始めるとホッとした。

先に出されたお冷やのグラスに口をつけながら、そっと斜め向かいにある顔を盗み見る。昼と違い、ペンダントライトの柔らかな明かりが、男の高い鼻や顔のシャープな輪郭《りんかく》を際立たせていた。

不覚にもちょっとドキリとしてしまった。

男は変わらず澄まし顔だ。客と二人きりになることなど慣れているのか、相手が美女でもないただのサラリーマンだからか。

静良井はオーダーメイドのグレーのスーツ姿で、首には久遠の選んだ爽やかなイエロー系のネクタイ。ブラウンがかった髪もきっちりと整えており、勤め人と判りやすい。

不意に顔を起こした男とバッチリと目が合った。

「あ……ブレンドの豆はなにを使ってるの？」

思わず動揺し、不躾《ぶしつけ》な質問をする。

「ベースはブラジル豆です。ローストは深煎《ふかい》りで」

「そうか、やっぱり……ここのオリジナルブレンドは、風味がしっかりしてるだけじゃなくて、複雑っていうか……個性的な味わいだね。豆の種類が多いのかなって、僕は思ってるんだけど」

色を重ねた油絵のようだ。何色とはっきり表現できない。深みを抱《かか》えた味わいは秘密でもしまわれているみたいに、飲むほどに気になる。

「ええ、六種類使っています」

「六つも!?　それだと安定して調達するのも大変だし、コストもかかるね」

豆の希少度《きしょうど》にもよるけれど、一定の味と価格で提供し続けるには、種類を増やすのは得策《とくさく》ではない。

つい、同じカフェ業界に勤める者としての分析が入ってしまう。素っ気ないほど返事の端的《たんてき》な男にあしらわれるかと思いきや、丁寧な答えが返ってきた。

「卸《おろ》しているビーンズショップとも相談して決めましたから、今のところは大丈夫です。もう一つのブレンドのほうは、バランスを取って軽めにしましたし。こちらは……理想の味に近づけるのに、どうしても妥協はしたくなかったもので」

「そっか。どうりで癖になるほど美味しいわけだ。一杯のために遠くからでも来ようって気になるよ」

ストレートな褒《ほ》め言葉に、「ありがとうございます」と応える男の視線は少し泳いだ気がした。

もしかすると、愛想がないのはシャイなだけなのかもしれない。

「今日はお仕事帰りですか？」

淹れたコーヒーを出す際に問われた。『今日は』と添えたのは、常連でいつもは違うと気づいているからなのか、意味などない枕詞《まくらことば》か。

初めての能動的な質問を受け、静良井はそわそわしつつ答える。

「ああ、うん……ちょっと疲れたんでね。コーヒーを飲んで帰りたいと思って……まだ開いてるかなって寄ってみたんだよ」

「そうだったんですか。お疲れ様です。どうぞゆっくりなさってください」

他愛もない労《ねぎら》いの言葉。カップから一口飲んだコーヒー以上に心が緩むのを感じた。自分はよほど気が張り詰めていたらしい。

客と店員の関係というのは、考えようによっては気楽でいい。目の前にいるのは、自分が何者で、どんな職業についているのかも、どこで暮らすかも知らない赤の他人だ。

いつの間にか気まずさも失せていて、静良井は思い当たるままに訊ねた。

「そういえば、この店ではカナリアを飼ってるの？　たまに鳴いてるのが聞こえるけど」

「店というか、二階の自宅で飼っています。天気のいい日はたしかによく鳴いてますね」

上機嫌で鳴くかごの鳥を想像すれば、静良井の脳裏《のうり》にははっきりと色が浮かび上がる。

「色は白？」

「そうですけど……どうして白だと？」

カウンター内で後片づけに戻った男は、どこかハッとしたように問い返した。

「なんとなくかな。そんな気がしたんだ。僕は前にもこの店に来たことがあったりする？」

「……週末に。夏頃から、土曜日にいらっしゃってますよね？　男性の方とも」

「あ……そうじゃなくて、もっとずっと前にも来ていたことがあるのかなと思ったんだ。僕自身は……覚えてないんだけど」

少し間を置きつつ続けた。

「実は昔の記憶がないんだ。記憶喪失でね」

店に二人きりという、特異な状況が打ち明けさせたのか。

カウンター越しに仰ぎ見た男の反応は思いがけず鈍《にぶ》かった。

「冗談ではないよ？　もしかして、嘘だと思った？」

「いえ、そういうわけでは……あの記憶喪失ですよね」

「その記憶喪失だよ」

言い回しに、ちょっと可笑《おか》しくなって笑う。記憶喪失はよく知られているわりに、現実には稀《まれ》な障害だ。

「もし、前にも来られてたら覚えていると思います」

「……そうか」

否定されて、少し残念に思った。

静良井は近くの歩道橋で足を滑《すべ》らせたのが原因だと説明し、この店は現場を確認しにきて見つけたのだと言った。

「歩道橋から高台のほうを見たら、目立つ洋館があるなと思ってね。ほら、景色の中に周りと違う雰囲気の建物があると気になったりするだろう？　どういうとこなのか、無性に知りたくて、確かめたくなって……あの日は、なんでかそれを実行してみたんだ。夏だったから暑くて、坂道の途中でギブアップしそうになったりもして、ちょっと後悔したんだけどさ。ふらふら歩いて、辿《たど》り着《つ》いてみたらこの喫茶店だったんだよ」

七月。真夏のギラギラと日差しの強くなる一方の太陽の下。羽織《はお》ったリネンのシャツの背中に汗を滲ませながら、ようやく着いた場所が喫茶店と判り、どんなに嬉しかったか知れない。砂漠でオアシスでも見つけたような気分だった。

「マスター？」

つい饒舌《じょうぜつ》になると男は逆に押し黙り、自分を見ていた。

今までにない真っ直ぐに向けられた眼差し。黒い眸《ひとみ》は、とても深く澄んでいるのを示すように、ステンドグラスのシェードのペンダントライトの明かりに鈍く光る。

「あ……いや、すみません。見つけてもらえて光栄です」

今、自分はなにかおかしなことを言っただろうか。

「……美味しい」

きまりの悪さにカップを口に運びつつも、コーヒーがいつもと変わらず美味しかったので思わず言葉にした。

マスターの年齢にそぐわない、品よく落ち着いた店だが、奥深いオリジナルブレンドにはどこか挑発的な力強ささえ感じる。抑え込んだ熱量のようなもの。一杯のコーヒーへの密《ひそ》かな拘りと情熱だろうか。

「うーん、ベースがブラジル豆のフレンチローストで、エチオピアモカは、中煎《ちゅうい》り……シティローストかな。あと……」

途中からは当てずっぽうのようなものだったけれど、不思議と詰まることなく豆の名前がつらつらと口から転がり出てきた。いくらコーヒー好きで仕事でも関わっているといっても、まるで最初から知っていたかのように。

「正解です」

マスターの言葉と口元に浮かんだ笑みに、静良井はパッと表情を輝かせた。

「本当にっ？　やったっ！」

声は弾けるクラッカーの銀テープのように二人きりの喫茶店に響いて、男は驚きの表情を浮かべ、静良井は慌てて声のトーンを落とした。

「あ、悪い、うるさくして」

「いえ、ちょっと意外な反応でびっくりしただけです。大きな声は出しそうにない方だったので」

それほど物静かに見えるだろうか。

今の静良井はむしろ、周りの顔色を窺うあまり、喜びは大げさに表わすところがある。

久遠の前でついた癖のようなものだ。

「一人で騒いだら不審者だよ。いや、迷惑客か。僕はこの店のコーヒーが好きだから、追い出されたくない」

褒めると男の視線はやっぱり泳ぐ。照れ屋と割り切ってしまえば、無愛想も人間味というか愛嬌《あいきょう》に感じられるから不思議だ。

「ありがとうございます。あー、えっと……お客さんは、コーヒーには詳しいんですか？」

自分の呼び方に困った様子だったので、自己紹介した。

「静良井だよ。僕は、静良井真文」


帰宅した静良井は、いつものように食後はキッチンでコーヒーを淹れた。

「……楽しかったな」

ふと思い出し、ぽろりと口にした自分に驚いた。

数十秒ばかりの蒸らしの間。ドリッパーの中で膨らんでいく豆を見つめていると、カナリーでの時間が頭をよぎった。

「今日はどこに行ったの？」

傍らで響いた声にドキリとなる。ビルトインの食洗機に洗いものをセットし終えた久遠が、扉を閉めながら尋ねた。

「どこって？」

「カフェに寄って遅くなったって言ってたから、どの店だったのかなって思って」

「ああ、カナリーだよ。一昨日行ったカナリアがいる店」

「え……」

特に黙っておく必要もないので、さらっと答えた。絶句したような久遠の反応は想定外で、コーヒーを淹れる手を止めて問い返す。

「まずかった？」

「いや……寄り道にはあそこは遠くないかな？」

「うん、でもちょっと……あの店のコーヒー、飲みたかったから」

目的地が当初は歩道橋だったことも言いづらいけれど、仕事で鬱々《うつうつ》としたせいだとはもっと言えない。最初からコーヒー目当てだったような返答になってしまった。

「ごめん、もしかして随分夕飯待っててくれてた？」

「いや、帰ったのは真文より少し前だよ」

「そっか、ならよかった」

「……ああ」

「コーヒーはミルクを入れていい？」

静良井は決まってブラックだけれど、久遠は日によって違う。軽い頷きに添えられた微笑みに、なんとなくホッとした。

機嫌を損《そこ》ねたわけではないらしい。そもそも、損ねるほどの理由があの店にあるとは思えない。

コーヒーを手に、ほぼ毎晩そうしているようにリビングで寛いだ。風呂は就寝《しゅうしん》前に交代で入る。一人になったのを幸いに、ブリーフケースに忍ばせている仕事の資料や、資格のテキストに目を通す日もあるけれど、今夜はそんな気にもなれず、早めに静良井は寝室に引っ込んだ。

クイーンサイズのベッドの右側が静良井のスペースだ。

布団に入ったものの、まだ眠いわけではない。枕を背もたれにして座り、ナイトテーブルのフォトスタンドに手を伸ばした。

なんとなく眺めた寝室の木枠のそれは、デジタルフォトフレームだ。一定の間隔で画像が変わり、就寝時には明かりが落ちる。

思い出の集大成のように、目の前で流れるスライドショー。写真なんてアルバムかパソコンのハードディスクに収まり、時折引っ張り出して眺められればいいという、日本人らしい感覚の静良井には気恥ずかしくもある。

「真文、待っててくれてたんだ」

ドアが開いて、寝支度を整えた久遠が入ってきた。紺色のシルクパジャマ姿の男は、するりと滑《すべ》り込《こ》むように布団に入り、身を寄せる。

静良井がちょうど見ていたのは、印象的なあの桜の下の記念写真だった。

「光彬さん、ちょっと気になってたんだけど……」

「え、なに？」

「僕は二年もの間、どうして仕事をしようとしなかったんだろう」

ちょっとではなく、このところずっと気がかりだったことだ。ついに訊かずにはいられなくなった。

二年前の記憶喪失。捜索願は提出されたままになっていたが、自分の失踪は一、、、週間ほどで、街を彷徨《さまよ》い歩いているところを久遠が見つけて保護したという。

今回よりもいなくなったのが長いと言っても、たったの一週間。

半年前に久遠はそう説明して、捜索願を取り消していなかったことを警察に注意された。出しっぱなしでも大きな問題があったとは思えないけれど、完璧主義できっちりしている久遠には珍しい失念だ。

静良井には紙切れの処理よりも、それから二年も働いていなかったことのほうが重大だった。病気の再発を恐れてという理由に納得していたけれど、今は何故という気持ちが強い。記憶障害のリスクばかり気にしてはなにもできないし、気をつけても結局またこうして記憶はなくした。

仕事を続けていれば、これほどのブランクを感じずにすんだのではないか。

自分は、もっと上手くやれたんじゃないか。

そんな、過去の自分への責任転嫁じみた思いが湧《わ》いてくる。

「光彬さん、この桜の写真も、今年のものだって言ってたっけ?」

「ああ……うん」

桜の下の幸せそうな自分は健康そのものだ。満ちたりた表情をしているけれど、無職で不安もなく、職場に戻りたいとは少しも考えなかったのだろうか。

「真文……すぐに復帰しなかったのはね、たぶん僕のためだよ」

「光彬さんの？」

「僕が不安がるから、きっと家にいてくれたんだと思う」

「あ……ごめん、べつに責めてるわけじゃないよ？　ただ、どうしてかなって気になったから……」

過去に触れれば、そんな顔をさせてしまうと判っていたはずなのに。

静良井は次の写真を映し出し、声を明るくした。

「毎日が休日って贅沢《ぜいたく》すぎると思ってね。光彬さん、僕はどんな生活をしてた？」

「どんなって……普通だよ。今と変わらない、普通の毎日だ。食後のコーヒーはいつも君が淹れてくれて、天気のいい日は散歩をしたり、カフェに行ったり。春にはお花見で、夏には水族館。ああ、秋は動物園にも行ったっけ。君はヤマアラシがえらく気に入ったみたいでね」

「ヤマアラシって、あのトゲトゲの？」

変わっているけれど、特別に可愛い生き物とは思えない。

「ちょうど子供が生まれたところだったんだよ。ほら、写真にも小さいのが映っていただろう？」

久遠の返事に納得しつつも、静良井は少し残念に思った。

「ふうん、子供かぁ……日記でも書いてたらよかったのに」

「え？」

「写真だけじゃなくてさ。そのときの状況とか……気持ちとかいろいろ。詳しく書き留めてたら、もっと判ることもあったんじゃないかなって」

「……僕が覚えてるだけじゃ足りない？」

声にハッとなって傍の顔を窺う。

「君が忘れても、僕がちゃんと覚えてるから……代わりに全部覚えていれば、なにも問題はないだろう？」

「光彬さん……」

肩へ手を回して引き寄せられた。

強く抱かれ、なにも言えなくなる。哀しい顔をさせたいわけじゃない。

ただ——自分について、自分で残しておかなければ判らないこともある。それは彼では足りないのではなく、自分自身のことだからだ。

僕の始まり。僕の日々——

静良井の髪に唇を押し当て、久遠はしばらくじっとしていた。やがて、後ろ抱きにした手が体を探り始める。

「……んっ」

色違いのアイボリーの薄いパジャマをたくし上げられ、指先が胸元の尖《とが》りに触れると、鼻にかかったような声が出た。

「光彬さん……」

想いを確認するように、部屋中に置かれた写真。週替わりで花の変わるダイニングテーブルで食事をし、いつか観たかもしれない映画をリビングのソファのクッションに埋《う》もれて鑑賞して、夜は寝室のクイーンベッドでセックスをする。

「あ……ぁっ……」

正確にはセックスと言えるのか、静良井には判らなかった。

挿入までは伴《ともな》わない、触れ合うだけのセックスだ。男女ではないから、普通だと言われればそうである気がするし、やっぱり違う気もする。

求められるのは毎日ではなかった。

久遠はどちらかというと淡泊なほうで、週に一回、それより少ないときもある。

最初は戸惑った性行為も、慣れるうちに時折——少しだけ、静良井のほうがもの足りなさを感じるようになった。

男でありながら、受け身でいることに悦《よろこ》びを覚える体。乳首を愛撫されただけでも、息が上がって淫《みだ》らな声が零《こぼ》れる。

「真文は本当にここを弄《いじ》られるのが好きだね」

頃合いを測ったようなタイミングでパジャマのズボンの前を下ろされれば、先端を濡らした性器が姿を現わす。

「触ってないのに、もうこんなだよ」

「……ふ…ぅっ……ん……」

乳首と性器と、たっぷりと手指で可愛がられてから服を脱がされた。

パジャマも下着も取り払われ、桜のように淡く色づいて火照《ほて》った肌が露《あら》わになると、久遠はいつも感嘆の息をつく。

「君は本当に美しいな」

「……も、もう見飽きた体だろ」

「そんなこと、あるわけないだろう。全部、見せてくれる？」

「……ん」

静良井は広々としたベッドに寝そべり、深く畳《たた》んだ両足を開いた。

すべてを晒《さら》して、短く荒い息をつく。

「いっ……」

久遠が抱えようと足に触れ、反射的に声が出た。静良井の右足には、足元から脹脛《ふくらはぎ》にかけて大きな火傷痕《やけどあと》がある。

「ごめん、痛かった？」

「……ううん」

学生時代に負《お》った火傷だと、久遠は言った。

二人で、キッチンで湯を沸かしていてひっくり返してしまったのだと。実際、久遠の手の甲にも、それらしき痕がある。

彼がそう言うなら、そうなのだろう。

自分には今は彼がすべてだ。まるで生まれたばかりの雛鳥《ひなどり》が、最初に視界に収めたものを親鳥だと刷り込むように、彼の言ったことが『事実』で、『過去』となる。

疑っているわけじゃない。

今は久遠の多くを知っている。名刺や肩書では判らない、友人たちも知らないようなことさえも。実は疎《うと》いコーヒーの味、二日酔いの朝にはなぜかココア。左の腿《もも》のつけ根には、昔自分に教えられるまで気づかなかったという黒子《ほくろ》もある。

知って、関係が深まるほどに、もっと強い繋がりが欲しいと、確かな形で欲しいと思ってしまうのは変だろうか。

「あ…っ……はぁ…っ……」

裸の身を重ねると互いの手を性器に伸ばし合う。久遠の愛撫は巧みで、的確に感じるポイントを撫《な》でて擦《こす》ってくれるにもかかわらず、もっと先が欲しいと意識してしまう。

これが男同士での普通のセックスであると言うのなら、どうして自分は求めてしまうのだろう。

欲深な自分。淫らで卑《いや》しい自分。与えられる快楽に満足できずにいる。

体が疼《うず》くとは、こういう感覚なのかと思った。

以前の自分は、それを与えられていたのか。それとも、ずっともどかしい夜を過ごしていたのか判らない。

日記でもあれば、自分がなにを考えて暮らしていたか、判るだろうにと思った。思い出話や写真では判らない心の奥底、襞《ひだ》の内側。

もっと深く触れてほしい。ちゃんと、奪ってほしい。余計なことなどなにも考えずにいられるように。仕事にも出ずに、家にずっといたほうが安心だというなら、もっと溺《おぼ》れさせてくれればいい。

でなければ、自分は――

「あっ、あっ……もっと…っ……うし…っ、後ろも…っ」

気づけば腰を揺すっていた。右手で静良井の性器を扱《しご》く久遠は、硬くなった双球《そうきゅう》を左の手のひらで揉《も》み込《こ》み、やんわりとした刺激を与えていた。

もっと違うところにも触れてほしいと、体が焦《じ》れた。

「真文……」

熱に浮かされて放った言葉に目が合う。

「……ご、ごめんなさい」

「どうして謝るの？」

「だって……」

はしたないと思われたかもしれない。

「今日はこっちでしようか」

「え？」

久遠の言葉に、もしやしてくれるつもりなのかと思った。

でも、違った。ぎゅっと閉じさせた静良井の腿の間に、久遠は射精間近の昂《たか》ぶりを沈めた。素股《すまた》と呼ばれる行為だ。疑似《ぎじ》セックスかもしれないけれど、期待してしまったものとは違い、拍子抜け感は否めない。

それでも、続く刺激に体は頂《いただき》へ向かう。

「真文、僕を見て」

合間に久遠が言った。

「……見て、るよ？　光彬さんっ……？」

見つめ合っているのに求められて訝る。

静良井は身を任せ、頬を包むように撫でられてぞくんとなった。

久遠の大きな手。いつもはひやりとして感じられる男の手が、情事のせいか体温を上げており、まるで知らない誰かのようだった。

大きくて、熱い手のひら。

思わず頬を擂《す》り寄《よ》せて快楽を追う。

静良井はいつしか目蓋《まぶた》を落としていた。


カナリーへは仕事帰りに時々寄るようになった。

仕事が早く終わった日、久遠《くおん》に帰りが遅くなると知らされた日。ただ喫茶店でコーヒーを飲んで帰るだけの寄り道ながら、久遠はあまり快《こころよ》く思っていない様子だったので、つい言わずにすむ日を選んだ。

閉店間際、コーヒー一杯分の短い時間。ささやかな気分転換のつもりだった。

店はいつも閑散《かんさん》……というか、ほかに客の姿はなかった。一度、帰宅するバイトの女の子と坂道で擦《す》れ違ったことはある。仕事で疲労感を覚える夜ほど、家からも遠い喫茶店へ急勾配《きゅうこうばい》の坂を上ってまで行きたくなるだなんて我ながら物好きだ。

けれど、なんだかホッとするのだ。

カナリー。寡黙《かもく》で愛想《あいそ》のないマスターのいる店。

——愛想なしは、今は過去形か。

「最近、思うんだ。昔の自分は今の僕とは違っていたんじゃないかって」

カウンター席の静良井《しずらい》は、スーツのネクタイを緩《ゆる》めながらぼやくように言った。

息詰まる緊張感を漲《みなぎ》らせていたのが嘘のように、マスターとは話をする関係になった。二人しかいない状況では、薄れた警戒心はどこまでも毛糸みたいにするすると解《ほど》ける。

つい愚痴《ぐち》っぽく本音を漏らしたりもした。

「違うって……どんなふうに？」

「もっとこう前向きで、明るくて、パアッとした太陽みたいな？　バイタリティ溢《あふ》れる仕事ぶりでさ、キラッキラに輝いてたんだよ、きっと」

でなければ、新人の分際でレジェンドになりそうなほど仕事ができたはずがない。おかげで自分は追いつくのもやっとで、自分相手に劣等感を抱《いだ》くなんて、馬鹿げた状況に陥《おちい》っている。

過去の自分は、ある意味他人よりも遠く面倒な存在だ。

なにしろ、目の前にはもういない。

カウンター越しの男はグラスを拭《ふ》く手を止め、静良井を見つめたかと思えばふっと口元を緩めた。

「あ、なんで笑うんだ？　昔の自分に夢を見過ぎだって？」

「いや、静良井さんは充分に今輝いている方に見えますから」

「そんなことないよ。仕事も判《わか》らないことだらけだし。入れ物が同じってだけで、中身が伴《ともな》ってないんだから当然なんだけどさ。資格を取り直そうにも、この年で勉強なんて頭から湯気噴きそうになる」

「そんな年齢でもないでしょう」

「二十八歳らしいよ」

「らしいって」

またマスターは笑った。あまり笑わない男だからか、苦笑だろうとその口元に意識を奪われる。

笑ったほうが年相応に見えるし、笑顔は一層ハンサムだ。いつもそうしていればいいのにと思った。

そうしたら、もっと、もっと――

もっと、なんだろう。

ああ、そうだ。お客がたくさん入る。

「けど、悲観ばかりする必要もないと思いますよ。過去のお仕事を覚えていないからこそ、先入観のない目で見られるときだってあるでしょ」

「まぁ、たしかにね」

「先週、春向けの企画のアイデアが採用されたって、喜んでたじゃないですか」

「まぐれだよ、あれは」

そう言いつつも、励《はげ》ましを受けた静良井はへへッと笑う。ただの雑談を忘れずにいてくれたのも嬉しかった。

「仕事の悩みはあの方には相談しないんですか？」

ふと背後の棚に手を伸ばして体を反転させた男が、何気ない調子で口にした。

「って、彼のこと？」

「ええ」

主語は曖昧《あいまい》だったものの、誰だかすぐに判った。マスターの知る自分の知人は久遠だけだ。

「そうだね……言えないかな。毎日顔突き合わせてるのにおかしな話だね」

「毎日？」

「一緒に住んでるんだよ。僕は最近のこと以外覚えてないけど……ずっと、長い間。僕が二十一歳のときからだって言ってたから、ざっと七年くらい？」

職場の同僚、友人、毎日会う関係をそう誤魔化《ごまか》すこともできたけれど、マスターに嘘はつきたくないと思えた。

嘘か誠かも、彼に判るはずもないのに。

「そうなんですか」

ただの相槌《あいづち》に驚きはない。やはり雰囲気から同性の恋人だと察せられていたのだろう。

「判る気がしますよ。傍《そば》にいる相手ほどなんでも話せないってのは」

「え？」

「大切だからでしょう？　あなたにとって……とても大事な人だから、きっと言えないんです。喫茶店の素性《すじょう》もしれない店員とはわけが違いますから」

どこか自虐的《じぎゃくてき》な響きに聞こえたのは、気のせいだろうか。表情一つ変えないまま口にした男の真意も素性も、たしかに自分には判らない。

若いながら喫茶店のオーナーで、今はこの場所で暮らしているということ以外は。

それ以前、どこでどうしていたのかも、なにも知らない。

「そうだね……彼にはただでさえ迷惑かけてるから、これ以上はってのはあるけど。仕事も無理言って復帰させてもらったから」

「案外、あちらも同じかもしれませんね。あなたに話せないことだって、一つや二つはあるでしょう」

「どうかな」

そうは見えないけれど、久遠は覚えているはずの過去のことも、積極的には話したがらないところがある。

昔を遡《さかのぼ》れば遡るほど。

一人息子で両親の期待が重く、息苦しい学生時代だったと言っていたから、あまりいい思い出はないのかもしれない。

「……だから、俺で聞ける話なら聞きますよ。解決法に期待しないでもらえれば」

珍しく冗談めかした口調でマスターが言い、静良井は笑った。

「そういえば、君は恋人はいるの？」

「唐突ですね」

「あ、ごめん。付き合っている人はいるのかなって」

やんわり言い直しても意味は同じだけれど、一応自分なりの話の脈絡《みゃくらく》はあった。

「今はいません」

「今はということは、以前はいたんだろう？」

「この年ですからね。そりゃあ一人や……」

『二人は』とは続かなかったものの、マスターのルックスなら女性のほうが放っておかないだろう。

「君はどうなのかと思って。好きな人には積極的なほう？」

「積極的とは、どういう意味ですか？　デートに誘ったりとか？」

「んー、それもあるけど……」

『脈絡』はいざ言葉にしようとすると、上手くできない。

自分は一体、喫茶店のマスターになにを問うつもりか。『自分の恋人はどうも淡泊みたいなんだけど、君もそう？　それって普通なのかなぁ』なんて、軽く訊けるはずがない。

同意を得たからといって安心できるものでもないし、まして欲求不満と哀れまれても困る。そもそも、同性カップルのセックス事情なんて匂わされても迷惑だろう。

喫茶店のカウンターで許されるのは、あくまでサラリーマンの節度ある愚痴だ。

「静良井さん？」

「いや、大丈夫。ちょっと訊いてみただけだから。コーヒー、もう一杯もらおうかな」

「でしたら、卸《おろし》から珍しい豆をもらったんで、テイスティングどうですか？」

「いいね！　ぜひもらうよ」

声も表情も輝かせれば、マスターも嬉しげな目をした。

コーヒー一杯のはずの時間は二杯になり、店を出る頃にはだいぶ夜も深まっていた。「ありがとうございました」の声に送られ、押し開けて出たドアの外側にはいつの間にかクローズの札がかかっており、ほかの客の来る気配がまるでなかった理由が判った。

申し訳なく思いつつも安堵《あんど》する。

迷惑であれば閉店を告げるはずだ。優遇されたようで、正直嬉しくもあった。マスターも少しは自分との会話を楽しんでいるんじゃないか——なんて。

「……あれ？」

静良井は帰路《きろ》につこうとして、ドアの前になにか落ちているのに気がついた。喫茶店とは反対側のひっそりと目立たない扉は、住居部分への入口のようだ。

落ちていたのは郵便物だった。電話料金の明細書だ。

ドアポストへ戻そうとして、つい宛名に目がいく。

――中上衛《なかがみまもる》。

「なかがみ……まもる」

声にしてみると、いつものコーヒーを飲むときのように妙にホッとした。正解の判らないはずの読みも、ほかはないと思えるほど自分の中でしっくり収まる。

「中上衛」

静良井は帰る道すがら、歌でも口ずさむ調子で幾度《いくど》かその名を呟いた。

行きつけの店のマスターの名前を知っただけにもかかわらず、妙に気持ちが浮《うわ》つく。

そう、ささやかながら特別なもの。綺麗な石や貝を拾ったときのような、宝物でもみつけたみたいな気分だった。

十一月は雨が少ないはずが、その日は朝からずっとしとしととしとしていた。

「マスターもなにかあったら言ってくれていいよ」

カナリーへは、いつの間にか週末よりも仕事帰りに寄るのが普通になり、そんな言葉も自然と口を突いて出た。

「はい？」

「いや、マスターにはいつも僕ばかり話を聞いてもらってるからさ。コーヒー一杯でわりに合わないだろう？　なんでもいいよ。悩みでも、自慢話でも」

お決まりのカウンター席でコーヒーを飲む静良井は、バーテンダーのようにグラスを磨《みが》き上《あ》げる男を仰《あお》ぐ。

もちろん本気の言葉だった。ここへ来る度《たび》、気持ちを軽くしてもらっている。

マスターは一瞬迷うようにクロスを動かす手を止め、静良井は息を飲んで待ったが返事は素《そ》っ気《け》なかった。

「俺はいいです」

なんとなく予想はついていたものの、あまりにあっさりと拒否され面食らう。

悩みのない人間なんているはずがない。自分には話せないのだろう。他人だからこそ本音を話せるなんて、自分の感覚がただただおめでたいとも言える。

判りやすくショックを受けたような顔でもしていたのか、フォローのように言葉が続いた。

「じゃあ、そうですね……お店が繁盛《はんじょう》する方法を一緒に考えてくれませんか。チェリーカフェのように、バンバン客が入ってチェーン展開するくらいの」

「え……」

それもまた受け答えに困ってしまった。

固まる静良井に、マスターはふっと笑う。

「冗談ですよ。あんまりお客さんが増えると、手挽《てび》きもできなくなってしまいますからね」

「違うんだ」

「え？」

「なんていうか、その……混んだら僕が困る。この店は個人的に気に入ってる場所だから、人にはあまり知られたくないっていうか。客商売なのにこんなこと言われても、困るだろうけど」

随分と我儘《わがまま》な本音だ。こちらをじっと見つめたかに思えた男の双眸《そうぼう》は、仰ぎ見る静良井と目が合った途端に逃げ水のようにするりと逸《そ》らされる。

「まいるな、ホント」

手にしたグラスの中へ吹き込むような、ぽつりとした声。

「え？」

今度は静良井が首をかしげる番だ。

カナリーのマスターは、時々こんなふうに理解のできない反応をする。理由を尋ねても適当に躱《かわ》されて教えてくれることはなく、決まってしばらく目を合わせなくなる。

ふと、自分は前にも同じことを言っただろうかと思った。

そんなはずはない。店を気に入ってるのは伝わっているだろうけれど、これほど我儘な言葉にした覚えはない。

でも、自分の記憶は限定的で――

静かな店内に急に咳き込《こ》む声が響いてハッとなる。顔を背《そむ》けたマスターは、グレーのシャツの肩口に口元を向け、苦しげに咳《せき》を繰《く》り返《かえ》した。

「……すみません」

「もしかして風邪？　体調悪いの？」

そういえば、来たときから何度か咳払いをしていた。深刻に感じなかったけれど、無理して抑《おさ》え込《こ》んでいたのかもしれない。

今は堪《こら》えきれなくなったように、クロスもグラスも置いて背後を向く。

「すみません、今朝からちょっと」

「べつに謝らなくても。君、大丈夫……」

「お客さんの前で咳はやばいでしょう。体調には気をつけてるつもりだったんですが、申し訳ないです」

律儀《りちぎ》に詫《わ》びられて戸惑う。たしかに飲食店の店主がゲホゲホとやっていては、不快な印象を持つ客もいるだろうけれど、静良井は本気で心配していた。

他人行儀だ。なんて――今も、自分はただの客にすぎないのに。

「気にしないでいいよ。無理しないほうがいい」

それだけを伝えるのでやっとだった。

自分さえ帰ってしまえば、すぐにも店じまいできる状況だ。協力するなら、無駄話はやめるに限るだろうと、さり気なさを装《よそお》いつつコーヒーを飲むスピードを速めた。

いつの間にか霧雨《きりさめ》に変わった夜の街へ向け、店を出る。傘《かさ》は持っていたけれど、坂道を抜ける風に乗って中まで吹き込んできてほとんど用を成さない。

嫌な雨だ。先を急いで国道まで辿《たど》りつき、ホッとしたところで歩道橋の傍の薬局が目に留まった。

まだ開いている。ふらりと眩《まばゆ》い店内に引き込まれ、気がつけば風邪薬のコーナーへと静良井の足は向いた。

風邪の引き始めには、葛根湯《かっこんとう》がいいと聞いた覚えがある。

ドリンク剤を手に取り迷ったものの、棚へ戻すことはできずにレジをすませた。もう飲んでいるかもしれないけれど、あって困るものでもないし、差し入れみたいなものだ。

――日頃のささやかな礼みたいなもの。

カナリーが閉まっていたら帰るつもりだった。でも、まだ店の明かりはそのままだった。

「……静良井さん」

扉を押し開けて入ると、カウンターにいた男が驚いた顔をする。坂道を急いで戻ったせいで息が切れているだけでなく、髪もスーツも霧雨にしっとりと濡れていた。いつの間にか重たく濡れた前髪は、額《ひたい》に貼りつきそうな有《あ》り様《さま》だ。

「どうしました？　なにか忘れものでも？」

「いや、そこでちょうど薬局を見かけて……わっ」

足早に近づこうとして、思いがけずバランスを崩した。いつもは不安定さなどまるでない板床が濡れており、革靴の底がずるっと見事に滑《すべ》った。

「静良井さんっ！　大丈夫ですかっ⁉」

情けない声を上げた静良井に、カウンターから飛び出してきた男が駆け寄る。みっともなく尻餅《しりもち》をつき、手にした薬局のレジ袋がゴトリと床を打った。けれど、それ以上の問題はない。

「あ、ああ、うん平気」

「本当にっ？」

「見てのとおり尻餅ついただけだよ」

「打ったの腰だけですか？　ほかはっ？」

やけに真剣に確認してくる男に、頭に影響がないか心配されているのだと判った。

記憶障害。転んだ衝撃くらいで、ひょいひょいと記憶の飛ぶ体だと言ったのだから、当然だ。

「すみません、お客さんの傘で濡れてたみたいで。俺がちゃんと拭《ふ》いてなかったせいです」

沈む男の声。体調を気遣って戻ったつもりが、裏目に出た。

「本当に大丈夫だから。頭打ったって、命まで取られるわけじゃないし！」

これ以上、具合の悪い男の気を煩《わずら》わせまいと、口調だけは明るく弾《はず》ませる。

主に職場で鍛《きた》えられ、虚勢を張るのは上手くなった。

「ほら、もう何度目か判らない記憶喪失だって、このとおりピンピンしてるし。それに忘れても、またやり直せば……」

笑いかけようとして、びくりとなる。

いつにない至近距離だ。カウンター分の隔《へだ》てた距離もなく、すぐ傍にしゃがんだ男の顔が、急に石化《せきか》でもしたみたいに強張るのを目にした。

「簡単に言わないでください」

「え……」

「記憶をなくすって、そんな簡単なことじゃないでしょ。冗談でも言うもんじゃないです」

「べ、べつに冗談ってわけじゃ……」

「本気ならなおさら悪い」

怒られているように感じた。

ひどく、自分は彼を怒らせていると。

板床へぐっと睨《にら》み据《す》えるような眼差しを向け、マスターは言った。

「あなたには……あなたのことを、すごく心配する人だっているんですから」

朝まで続いた雨が嘘のように、空は澄まし顔で晴れていた。

いくらか残る水たまりが昨夜《ゆうべ》の名残《なご》りだ。ランチタイムのレストランのテラス席では、座ろうとした客が「ここ、濡れてる～」と声を上げたりしているが、静良井の耳には届いていなかった。

「真文《まさふみ》、立て続けに悪いね」

テーブル越しの久遠の声さえも。

「え？」

「今日遅くなるって話だよ。金曜はディナーに行こうって約束だったのに、懇親会《こんしんかい》が今週に繰り上げになったもんだから……って、今聞いてなかった？」

「あ……ちょっとぼんやりしてて。埋め合わせなら、気にしないでよかったのに」

スーツの男二人でランチするには、女性客の多い洒落《しゃれ》たイタリアンだ。仕事の合間にふらりと迷い込んだのではなく、社長室からわざわざ久遠が誘いの連絡を寄越した。

「風邪でも引いたの？」

「風邪？」

「昨日、薬を買ってただろう？」

「あ……」

「今、そっちの仕事は一段落ついてるところなんだから、調子悪いなら遠慮しないで早く帰って休んだほうがいいよ」

微笑《ほほえ》まれると罪悪感を覚える。

昨夜のマスターの言い分は正しい。

こうやって見守ってくれる出来すぎた恋人もいるのに、忘れたらまたやり直せばいいなんて、たしかに軽はずみな発言だったと猛省《もうせい》せざるを得ない。

反省するあまり、ショックでどうやってカナリーを出たのかさえ、よく覚えていなかった。購入したドリンク剤まで渡しそびれて持ち帰ってしまい、なにをしに店に戻ったのか不審極まりない。

「じゃあ、午後は打ち合わせがあるから僕はここで」

久遠は本当に無理に時間を作ったようで、コースのアフターコーヒーはさっと飲み干し立ち上がった。静良井は急ぐ必要もなく残ったものの、一人で飲むコーヒーは味気ないだけでなく、形ばかり出しているという感じの薄く水っぽい一杯だ。

カナリーのコーヒーが恋しくなると同時に、彼はどうしているだろうと思った。

体調を崩したとき、自営でほとんど一人で賄《まかな》っているような店は困るに違いない。

迷惑にならないよう、今日はもう閉店間際には行かないつもりだった。けれど、会社に戻り、午後の仕事を終える頃にはそわそわしてきて、無事に退社した足は真《ま》っ直《す》ぐにカナリーへ向かっていた。

コーヒーが飲みたいというより、マスターの様子が気になったからだ。

坂の天辺《てっぺん》近くに灯《とも》る窓明かりを目指して歩く。

しかし、着いてみれば明るいのは二階で、一階の店の窓はほとんどが暗かった。入口にはクローズの札がかけられ、『臨時休業いたします』と、丁寧なメモも添えられている。

休んでいるのならいいと思いつつも気になる。格子《こうし》のドアのガラス越しについ店内の様子を窺《うかが》い、静良井はぎょっとなった。

ペンダントライトの明かりだけが灯ったカウンターの手前に、スツールに片手をかけて蹲《うずくま》る男の姿が見える。

「マスター！」

静良井は迷わず扉を開いた。幸い鍵はかかっていなかった。

「マスターっ、大丈夫っ⁉　しっかりして……」

駆け寄りながら、声をかける。

「マスターっ！　中上《なかがみ》くんっ！」

反応は鈍《にぶ》く、咄嗟《とっさ》に偶然知った本名で呼ぶと、座席にもたれた頭が動いてこちらを仰いだ。

虚《うつ》ろとしかいいようのない眼差しが、自分をゆっくりと捉《とら》える。

「よかった、気づいた」

「ああ……すみません、今日はお店……やってないんです」

「そんなことっ……君は？　君は、大丈夫なの？」

「大丈夫って、なにが……ああ」

自身が床の上にいることにも気がついていないようだ。

介抱《かいほう》しようと触れた背中は、衣服越しにもかかわらず熱いような気がした。

「病院へ行こう。どうせ行ってないんだろ？」

「……ただの風邪です」

「すぐ、タクシーを呼ぶから。行かないって言うなら、救急車を呼ぶよ？」

脅《おど》しが効いたのか、考える気力もないのか、そのまま黙り込む。静良井がタクシーを呼ぶと、幸いすぐにやってきた。

急患だと告げれば近くの総合病院を運転手が教えてくれ、十分とかからずに着いたものの、待合室で待たされることになった。まだ受付時間内の外来はそこそこ混んでいる。

相当しんどいのだろう。後方の長椅子に座った中上は、壁に後頭部を預けるとすぐに目を閉じる。

病気のせいで、いつもと印象が違った。

喫茶店のマスターではないときの中上は、アイロンの効いたシャツもスラックスも身に着けておらず、チャコールグレーの緩《ゆる》いカットソーに黒いスウェットのパンツだ。下りた前髪も加わり、静良井の目にはだらしないというよりも年相応に映った。

「あの」

急に中上の目が開く。

「な、なに？」

「もう帰っていいですよ。ありがとうございました」

「ばっ……病人放って帰れるわけないだろう」

馬鹿と言いそうになった。

荒っぽい言葉まで出そうになるのは、本気で心配をしているからだ。立っていられないほどの熱は相当にきついはずなのに、辛抱《しんぼう》強い男は弱音を吐かない。

いつもそうやって、なんでも一人で処理してしまうのか。それとも誰か頼れる人はいるのか。

「君は一人暮らしなんだよね？」

「……ええ」

「家族は近くにいるの？」

「祖母がいましたが、四年くらい前に他界しました。残してくれた遺産であの店を買ったんです。『好きなことに使え』って言ってくれたから……」

最初に出てくるのが祖母ということは、両親や兄弟はいないのだろう。亡くなったにしろ、なにか事情があったにしろ、二十代半《なか》ばで家族が残されていない人間は多くはない。

中上は閉じかけた目蓋《まぶた》を起こし、再び病院の味気《あじけ》ない天井を仰いだ。

「ああ」

「なに？」

「この話、前にもしましたっけ？」

「いや……初めて聞いたと思うけど」

熱で混乱したのか。誰かに話したのを混同しているのかもしれない。

あまりお喋《しゃべ》りをしても悪化させてしまう。

その後は看護師に中上が呼ばれるまで、静良井も黙っていた。ちょっと遠い待合室のテレビや、行き交う人や——それから、一緒に天井を見ていた。


診察を受けた後はスムーズで、隣の薬局で薬をもらい、病院前の客待ちのタクシーに乗った。

インフルエンザじゃなかったのは幸いだが、高熱には違いない。実際、まっすぐに歩くのもままならない状態で、フラつきながらも一人で帰ってしまいそうな男に、静良井はしつこいセールスのようについて回った。

カナリーまで辿《たど》りつき、『なにか手伝うよ』と提案すれば、『大丈夫ですから』とやんわり返される。

「君、一人で着替えはできるの？　汗かいてるみたいだし、早く服替えないと」

「服くらい、子供じゃないんですから」

病人のくせして可愛げがない。

中上という男は、よく話すようになってからも時折どこかひやりとした空気が漂《ただよ》った。近づこうとするとパッと突き放されるような感覚。性格かと思ったけれど、自分に対してに限る気がしないでもない。

あまり客に懐《なつ》かれても困るということか。

「そうだ、食事は？　なにか作ろうか？　簡単なものなら、僕も作れるし」

「すみません、今は食欲がないんで……後でコンビニでお粥《かゆ》でも買います」

「じゃあ、買っておくよ。飲み物もいるだろう？　ただの水よりスポーツドリンクのほうがさ」

「……でも、コンビニは坂下りないとありませんよ」

中上の揺らいだ返事に、静良井は即座に反応した。

「行くよ」

「いや、でも……」

「その代わり、君はちゃんと寝て。戻ってきたときに寝てなかったら、朝まで見張るよ」

脅すように釘《くぎ》を刺す。

静良井は店を出ると、坂を急ぎ足で下りた。コンビニは国道沿いにある。行きは母親に初めてのおつかいでも頼まれた子供のように使命感に満ち溢《あふ》れていたのに、帰りは少しだけ勢いが鈍った。

つい、食い下がってはみたけれど——もしかして、本気で迷惑なんじゃないだろうか。

坂道というのはよくない。一歩一歩、苦行《くぎょう》のように上るうちに、頭の中では余計な押し問答《もんどう》が始まる。

戻った店は静かで、人の気配がまるで感じられなかった。冷蔵が必要なものは店の冷蔵庫に入れさせてもらい、少し迷った末に奥の狭い階段に向かった。

またどこかに倒れてやしないか。布団でちゃんと眠っているのか。

居住スペースに入っていいものか躊躇《ためら》いつつも、そろりとした足取りで静良井は二階へ上がった。どうやら、扉の開いたすぐの部屋が寝室のようだ。

ちらと覗いた静良井に挨拶《あいさつ》でもするように、ピューイと高い声が響く。家具の少ない殺風景《さっぷうけい》な八畳ほどの部屋で、右手にベッド、正面の格子窓の傍《そば》に鳥かごがある。

「……白カナリア」

本当にホワイトカナリーだ。

初めて見るのに、どこか懐かしい。レトロ感の漂う円柱形の鳥かごのデザインのせいだろうか。

止まり木のカナリアは、興奮気味に小さな頭を左右に揺らして鳴き、まるで『早くこっちへ』と誘ってでもいるかのようだ。

ピューイピューイと繰り返す。

聞き覚えのある声。久遠の言った、昔飼っていた黄色いカナリアの声のイメージだろうか。音や匂いは、記憶の中でも深く残りやすいものだ。

静良井が歩み寄ると、名も知らないカナリアはまた一声高く鳴いた。

「しっ……静かに」

ベッドには中上が眠っている。

布団を被《かぶ》った男はこちらに寝顔を向けていた。どことなく首元が苦しそうだと思えば、着替えた白っぽいカットソーの襟元《えりもと》が詰まっており、注意して見ると後ろ前だった。

——やっぱり苦戦したんじゃないか。

ただ着替えるだけのことにも、四苦八苦《しくはっく》したのだろう。服は起きるまでこのままそっとしておくしかない。見つめる静良井は、ふと首元の輝きに目を留めた。

部屋の明かりを反射して光っているのは、銀色のチェーンだ。首から背後に回ったそれを、何気なく指先に引っかけて手繰《たぐ》り寄せる。

「……っ」

思わず息を飲んだ。

赤い色のスティック状のなにかが下がっていた。

なにか。アクセサリーのように映るにもかかわらず、静良井にはそれがＵＳＢメモリであると判った。

「どうして……」

驚きに心臓が高鳴る。寝息を立てていた男が身じろぎをして、パッとチェーンから指を離した。

「……さん」

ゆるりと開かれた黒い眸《ひとみ》が、自分を映し込む。

「ごっ、ごめん、起こすつもりはなかったんだけど……」

「よかった……来て、くれたんですね」

「え……？」

誰かと間違えてでもいるのか。

世話を焼かれるのを拒《こば》む男が、自分を待ち侘《わ》びていたとは思えない。カウンター越しのマスターは、こんなふうに微笑みかけてきたこともなかった。

たまに笑ったりはする。

けれど、今目にしている笑みは——

どちらかといえばキツく、クールな印象の眦《まなじり》の切れ上がった眸が、熱のせいかとろりとして感じられた。

　微笑みが甘く、優しく。

　それは、まるで。

「……中上くん？」

　頰に伸ばされた手に、収まりのつかない心臓がトクンと弾む。

　ひどく熱い手。長い指。初めて触れたのによく知っているかのような体温。こめかみの辺りから滑り込んだ指は、静良井のやや猫っ毛な髪をくしゃりと梳《す》き、愛《いと》おしげに幾度か頭を撫でてから、頰を手のひらで包んだ。

　茫然と薄く開いたままの唇に親指がすっと触れ、静良井のそれは少し遅れて震えた。

「よかった。朝が遠くて、明日がなかなか来なくて……待ち遠しかったんです」

　夢うつつの表情で、中上は言葉を紡《つむ》いだ。

　まるで、恋人にでも告げるように。


「ごめん、今からちょっと予定があって」

　しらじらしくついた嘘は、週末の雑踏《ざっとう》の中ではほとんど音にならなかった。

　土曜日。静良井は午前中から買い物に出ていた。駅の地下街と直結したデパートの入口は、

絶え間なく人が行ったり来たりしている。

スマートフォンに放った声はちゃんと届いていた。

『予定って、なに？』

訝《いぶか》る声が返る。

久遠からのランチの誘いを断った。朝から接待絡みのゴルフに出かけており、夜まで戻らないはずが急に中止になったらしい。

「あ……えっと、優里《ゆり》さんが買い物で近くに来るなら会いたいって。結婚式の件じゃないかな」

『ああ、そういえば結婚式でうちの焼き菓子を引き菓子にしたいって言ってくれてたね』

「ゴルフ、急にどうして中止になったの？」

『風邪でメンバーが減ってね。ニチマチの会長が来なきゃ意味ないって延期に』

風邪という単語にドキリとしつつも、放ってしまった嘘は取り消せない。罪悪感を打ち消すように、「夕方までには戻るから」と告げる声に力が籠《こも》った。

優里に菓子の相談を受けたのは本当だ。ついさっきまで、目の前のデパート内のレストランで話をして、今しがた別れた。静良井は仕事で世話になった相手への進物《しんもつ》を選びにきていて、彼女もちょうど買い物に来るからと落ち合ったのだ。

終わった予定をこれからのように久遠に言った。

「……はぁ」

電話を切ると、嘘をついたのは自分のくせして溜め息が溢《こぼ》れる。

静良井は無意識――いや、意識的に胸元へ手をやった。

度々覚えていた喪失感《そうしつかん》。やけに目につく赤い色。女子社員のキーホルダーを見たときも強い衝撃を受けたけれど、その比ではなかった。

あの、中上の首に下がった赤いＵＳＢ。

誰かと混同しているとしか思えない言葉の後、中上は再び眠ってしまい、確かめることもできないまま家に帰った。

ただの偶然で、彼の私物かもしれない。

でも、彼は一体、誰に話しかけていたのか。

――確かめたい。

嘘の罪悪感すら、雑踏に蹴《け》られたように散らされる。

午後は中上を見舞おうと決めていた。


「すみません、なにかいろいろ気を使ってもらって」

デパ地下で購入したフルーツゼリーの紙袋を差し出すと、中上は恐縮したように言った。

起きていたのか、私服っぽい黒いシャツにジーンズだ。

「どうぞ」と促《うなが》されて入ったカナリーは今日も休業で、人気《ひとけ》も人工的な明かりもなく、自然光に満たされた店は不思議な感じがした。

さっきまでいた街の賑わいが、異国の遠い出来事のように思える。

天気もよく、格子窓の向こうの海は青い。

「ついでだよ。ちょうど用事があったから。具合はどう？　寝てなくていいの？　調子が悪いなら、すぐ帰るけど……」

「大丈夫です。熱も引いてきましたし、ずっと寝てばかりでしたからね。さっき静良井さんが買ってきてくれたお粥を食べて、薬を飲んだところです」

「そっか……なら、よかった」

「ばあちゃんが風邪のときに作ってくれたのを思い出しましたよ」

「僕のはただのコンビニのお粥だよ？」

褒《ほ》めすぎだと、静良井は苦笑う。

「同じでしょう。人が心配して自分のために用意してくれたんですから」

家族との別れは早かったのかもしれないけれど、真っ直ぐに育てられた男なのだと感じた。

人から受ける優しさを知っているだけでなく、返す心も持ち合わせている。

「コーヒーはいつものでいいですか？」

カウンターに入りながら、中上は言った。

「いいよ、今日は客じゃないんだから」

「見舞い客でしょう？」

「なら、インスタントで」

「うちにインスタントはありません」

喫茶店で愚《おろ》かな提案だ。

「じゃ、じゃあ……お言葉に甘えるけど、僕にもなにかさせてくれよ。あ、そうだ、この花生《い》けないと。花瓶はあるかな？」

静良井は通りすがりの花屋で、花束も購入してきていた。久遠のマンションでは普段から花を欠かさない暮らしで、すっかり生活に馴染《なじ》んでいるけれど、大袈裟《おおげさ》だったかもしれない。

「……中上くんさ、昨日のことは覚えてる？」

カウンター内のシンクでガラスの花器に水を入れ始めると、さり気なさを装《よそお》い尋ねた。

「病院に付き添ってくれたことですか？」

「それもあるけど、帰ってからのこととか……コンビニから戻った後、実は二階に君の様子を見に行ったんだよ」

「えっ、俺の部屋に？」

「あっ、勝手に部屋に入って、ごめん」

気を悪くしたかと焦《あせ》った。コーヒーを挽《ひ》き始めた男を窺うと、怒ったというよりバツが悪そうな表情だ。

「いや、こっちこそ覚えてなくてすみません……散らかってましたよね？」

不安げに問われ、思わずくすりとなった。意外にも普通に体裁《ていさい》を気にする男らしい。

「綺麗にしてたよ。カナリアが鳴いて迎えてくれた。もしかして……それも覚えてない？」

「え？」

目線で示した『それ』に気がつき、自身の額に片手をやった中上は「あっ」となる。熱冷ましのジェルシートが貼られており、入口で迎えられたときから気になっていた。

「は、早く言ってください」

「まだ効いてるから貼ってるのかと思って」

「そんなわけないでしょ。忘れてただけです」

「ははっ」

静良井は短く笑う。

一気に空気が和《なご》んだ。

良い香りを漂わせ始めたコーヒーは、中上に勧められて見舞いのゼリーと一緒に窓際の席で飲むことになった。

仕事帰りはいつもカウンターだったから久しぶりだ。

「お店が休みの日は君もここで飲むの？」

「ええ、まぁ。事務作業をやったり。うちの店では一等席かなって思ってるんですけど。海もちょうどいいくらいに見えるし」

海とのちょうどいい距離感とはどのくらいか判りづらいけれど、静良井も気持ちは同じだった。

近すぎないのがいい。

「うん、僕も好きだな。海って遠くに見えてさ、『ああ、あそこに行けたらきっと気持ちがいいだろうな』って眺めるくらいがよくないか?」

「変わってますね。でも……なんとなく判る気もします」

静良井はカップを手に窓越しの海を眺め、中上はカウンターに飾った花に目を移した。

「花、ありがとうございます」

「ああ、ちょうど通りすがりに見かけたから」

通りすがりと言っても、四車線の道の向かいの花屋だ。

鮮《あざ》やかさと温かみのあるオレンジやイエローを中心としたアレンジメントは、元気づけられる色をとリクエストした。

「花があるとやっぱりいいですね。店をオープンしたばかりの頃は飾ったりもしてたんですけど、うちじゃ贅沢《ぜいたく》かなって……こうして見ると、静良井さんみたいな花だな」

「え? それってどういう……」

「もちろん良い意味ですよ。なんだかすごく……眩《まぶ》しい感じ。温かくて、パアッとしてて、太陽みたいな？」

そんな人間に憧《あこが》れているようなことを言ったのを、覚えているのだろうか。

褒め言葉には違いなく、むず痒《がゆ》いような気分になる。テーブル越しに顔を向ければ視線がぶつかり、普段はあまり見ない柔らかな笑みが返ってくる。

いつものカウンターと変わらない距離にもかかわらず胸が騒いだ。まるで、遠くで眺めるのがちょうどいい海にうっかり来てしまったみたいに落ち着かない。

白いカップの柄《え》にかかった男の長い指にすら鼓動が乱れる。

昨夜のようにトクトクと。

自分に触れた、あの熱い手のひら――

ふと、久遠についた嘘が戒《いまし》めるように頭を過ぎった。

違う。ここへ来たのは、ＵＳＢについて知るためだ。

「静良井さん？」

カップを手にしたまま動かない自分を、中上が戸惑ったように見ている。

「いや、そういえば……ここにきた最初の頃は、君に嫌われてるのかと思ってたなって」

「嫌うって……どうして」

「あんまり素っ気ない接客だったからさ。この店は一見《いちげん》はお断りなのかなって」

「それは……不快にさせたならすみません。俺はお客さんを好き嫌いで分けたりはしませんよ。そもそも……まだよく知らない人なわけで」

「本当に？」

静良井は真っ直ぐに見た。

じっと顔を見合わせる。

「どういう意味ですか？」

「覚えていないようだけど、昨日二階で寝ていた君に言われたんだ。『よかった』って。『来てくれてよかった』って」

言葉は少し違ったかもしれないけれど、意味は取り違えたりしていない。

中上はほとんど無反応だった。人工的な明かりのない店内で、黒い双眸《そうぼう》は木陰《こかげ》にでもいるように熱もなく穏やかに見えた。

奥底の揺らぎも覗かせず、すっと眸を細める。

「すみません、寝ぼけてしまったみたいで」

「寝ぼけた？」

「はい、熱のせいで夢でも見たのかも……」

「明日が待ち遠しかったようなことも言ってたけど」

「たぶん相手を間違えたんだと思います」

どこまでももの足りないくらいに、淡々とした返事だ。

「じゃあ、それは？」

「え？」

「君が首に下げてるものが飛び出してたんだ。その赤いスティックは、ＵＳＢメモリだろう？」

黒いシャツのボタンは二つほど外され、鎖骨《さこつ》まで覗いているもののチェーンもスティックも姿は見えない。にもかかわらず静良井には確信があった。

彼はあれをいつも身につけているのだと。

「単刀直入に訊かせてもらうけど……それは、僕のじゃないかな？」

「違います」

「僕も、同じものを持っていたみたいなんだ。いつも胸元がすごく気になって……赤い色もね。体が勝手に反応して、探してしまうんだよ」

「……そうなんですか。もし同じものだとしたら奇遇ですね」

中上は首にかけていること自体は否定しないながらも、取り出そうとはせず、とても中身まで見せてほしいなんて言えない空気だ。

けれど、静良井も後には引けなかった。

「君はそこになにを入れてるの？」

「大したものじゃありませんよ」

「大したことがないものを、身につけて持ち歩くのか？」

「まぁ……なにかあったときに思い出も残らないのは淋しいですから。中身は写真とか……普通ですね」

職場の女性と似た利用法だ。でも、キーホルダーにつけるのと、肌身離さず首に下げるのとでは重みが違う気がした。

「写真って、もしかして……僕と寝ぼけて間違えた人？」

「そうですね、昔の恋人です」

はっきりと中上は応え、想像はついていながらも静良井はドキリとなった。

いくら寝ぼけたと言っても、自分と混同するくらいだから彼の昔の恋人もまた同性なのだろう。

「今は……いないの？」

「はい。別れたというか……」

「中上くん？」

間も置かずに答え続けていた男が、急に言い淀《よど》んだ。口にするのを躊躇うように、眸を揺らめかせ、そのくせ急になにか吹っ切るかのように言った。

「死にました」

「えっ……」

「もうこの世にはいない人です。だから、これは形見《かたみ》のようなものです」

「……そうだったんだ」

衝撃的な告白にもかかわらず、今一つ実感は湧《わ》かなかった。顔も名前も知らない、見たことのない相手だからか、それとも。

「どんな人……って、訊いたらまずいかな？」

「静良井さんに、似てましたよ。見た目が少し。だから間違えたりしたんでしょう、すみません」

似てると言われて、また鼓動が高まる。

それは本当にただ似ているだけなのかと、口から飛び出させそうになりながら、言葉の続きを待った。

「優しい人でしたね。それと少し見栄っ張りで、やせ我慢するようなところがあるんです。辛《つら》くても、平気な振りするようなところ……淋しい人だったんだと思います」

「淋しい？」

「ええ、あまり家族に恵まれてるとは言えない人でしたからね」

静良井の中に湧いた疑念。僅《わず》かな可能性を打ち消すように、中上は言った。

「花で言うと、きっと白い花です」

静良井のイメージだと告げたばかりの、華やかで温かなオレンジや黄色とは遠い色。

「一度、自分は色がないって、そんなことを俺に言ってました。だから、白い花かな。真っ白で、凜《りん》としてて、一人でも上を向いてる感じの」

「上向いてるっていうか、下を向けないだけだろ」

キッチンに立つ静良井は、フラワーベースに背丈を揃えて刺さったカラーの花を目にするとつい零《こぼ》した。

花姿の凜とした佇《たたず》まいの白いカラーは、昼間中上の言った花のイメージそのものだ。

溜め息をついてから、自分が落ち込んでいることに気がつく。

結局、USBは自分のものではないと言われ、手がかりは途絶えたのだから、がっかりするのも無理もない。

けれど、それだけじゃない感じもする。

あの、甘い言葉をかけた相手――

中上が思い出を首に下げるほど大切な人は、自分とはかけ離れた内面の人らしい。

「真文、今日は僕はコーヒーはいいよ」

キッチンへは、いつものように夕食後のコーヒーを淹れにきたはずだったが、ぼんやり花を見つめるだけになった静良井は、久遠の声にも反応が鈍る。

「あ、うん……まだワイン飲むんだっけ？」

隣にぴたりと身を寄せるように並ばれ違和感を覚えた。

ワインセラーは反対側だ。顔を起こし見れば、表情のない横顔が前を見据《みす》えたまま言った。

「昼間、優里さんから電話がかかってきたよ」

「……え？」

「君の電話を切った後、すぐにね。君が親身になって相談に乗ってくれたのが、よっぽど嬉しかったみたいでさ。ありがとうって、伝えておいてほしいって」

「あ……光彬《みつあき》さん、あのっ……」

静良井は血の気《け》の引く思いがした。ぼんやりと浸《ひた》っていた昼の余韻《よいん》など、一息に吹き飛ぶ。

「引き菓子はやっぱりフィナンシェにしたいって」

感情を削《そ》いで落としたような久遠の声。

「どこに行ってたの？」

「どこって……ちょっと、お見舞いに……」

「お見舞い？」

「か、カナリーのマスターが体調崩してて、その……世話になってるから気になって」

この上嘘を重ねるつもりはなかったけれど、本当のことを言ったからといって、ついた嘘偽《いつわ》りが帳消しになるわけではない。

「世話にって、君は客だろう？　そういえば、昨日風邪薬も買っていたね」

「あれは……差し入れにしようと思ったんだけど、渡しそびれて……」

「差し入れが必要なほど通ってたのか？　最近は週末には行ってなかったようだけど」

「し、仕事帰りに……毎日じゃないよ」

「僕の帰りが遅いときか」

なんの言い訳にもならない。ただひたすらに墓穴《ぼけつ》を掘り続けているとしか言いようがなかった。

「隠すつもりは……いや、ごめん、知られないほうがいいかもとは思ってた。前に仕事帰りに寄ったとき、光彬さん、あんまりよく思ってないみたいだったから……それで、黙ってたほうがいいかなって」

「……なるほどね。いろいろと腑《ふ》に落ちたよ」

到底《とうてい》納得できるとは思えない返事ながらも久遠は頷き、静良井はホッと胸を撫で下ろす。

「真文、シャツを脱いで見せてくれ」

続いた言葉に、目を瞠《みは》った。

「え……」

冗談とは思えない真顔で言われ、意図が判らず混乱した。ややブラウンがかった久遠の眸は作り物のように動かず自分を見ていて、静良井の眼差しと声ばかりが揺らいだ。

「ど、どういう意味？」

「言葉どおりの意味だよ」

「早く」と急《せ》かされて、部屋着のシャツのボタンに指をかけた。一つ、二つと襟元《えりもと》から外すも、『冗談だ』とも『もういい』とも声がかかることはなく、男の手が伸びてきた。

「全部だよ」

バッと引《ひ》き毟《むし》るような勢いで残ったボタンを外され、白いシャツの前を開かれた静良井は驚きに身を竦《すく》ませる。

「み、光彬さんっ？　なにして……」

まるで耳に入っていない様子の久遠は、匂いでも嗅《か》ぎ取《と》るように顔を近づけ、晒《さら》した肌のあちこちを見て回った。首筋に項《うなじ》、胸元から腹部まで。

「なにしてるんだよ。なにもあるわけ……」

『ない』と断定しかけて、以前肌に小さな痣《あざ》があったのを思い出した。

歩道橋から落ちた夜だ。左の鎖骨《さこつ》辺りに、桜の花びらくらいの大きさの鬱血《うっけつ》があった。落ちた際にどこかで打ったのだろうくらいにしか思っていなかったけれど——そういえば、警察からの連絡で病院に迎えにきた久遠がじっと見ていた。

シャツの襟元に覗く、薄く消えかけたその痣の名残りを。

あのときはまだ他人に等しく、少し怖かったのを覚えている。

身を屈《かが》ませた久遠は、ちょうどその場所に唇を押し当てた。

やんわりと触れたかと思えばきつく吸われ、チクリと走った痛みに、静良井は驚いて身を引かせる。すぐにキッチンのカウンターに行く手は阻《はば》まれ、姿勢を崩した。

「光彬さ…っ……」

仰向《あおむ》けに倒れ込んだ。

真っ白なキャンバスに、かつて描かれていた絵を思い起こすかのように、久遠は肌に唇を這わせる。身を捩《よじ》った拍子《ひょうし》にバタつかせた手が、なにかを薙《な》ぎ払った。

「あ……」

背の高いカラーの花々だ。生けられたガラスのフラワーベースはどっしりとしているけれど、倒れる予感にぎゅっと目を瞑《つむ》る。

清廉《せいれん》な白い花を片手で支え、久遠は静良井の耳に囁きかけた。

「ここは狭いな。場所を変えよう」


日曜日。正午を回ると直接日差しの入らない部屋は、急に穏やかな表情になる。

眼下《がんか》に広がる街だけが太陽の光を反射して、青い空の下で輝いていた。静良井は眩しげに目を細めるも、雑誌を一抱えにしてベンチソファに腰を下ろすと、それもいくらか見えなくなった。

窓際でも真下は見えづらい。海と空の青ばかりが視界を占める部屋は、まるで船にでも乗っているかのようだ。

甲板《かんぱん》の高い位置にある豪華な客船。大きな船は、一度出港してしまえば舵取《かじと》りも難しく容易《たやす》くは戻れない。

「真文」

背後から声をかけられた静良井は、ビクリとなった。

表情には出なかったらしい。振り返ると、久遠は微笑んで立っている。

「なにをやってるの？」

「ん、マガジンラックがいっぱいになってたから少し整理しようと思って。後で光彬さんにも確認するよ」

「いいよ、適当で。真文のチョイスで残してくれれば」

リビングのマガジンラックは、ほとんど来客向けだ。「うん、じゃあそうする」と答え、普通に会話ができていることにホッとした。

休日の静良井はブルージーンズに白いシャツを身につけていた。しみ一つない真っ白なシャツは窓辺の反射光で眩しいほどだが、その下の肌には昨夜《ゆうべ》久遠の残した印が無数にある。

寝室のベッドに場所を移して、セックスをした。

始まりは観察と言ったほうが正しい。

浮気を疑われているのは明白だった。以前からカナリーへ行くのを嫌がっていたのも、そのせいかもしれない。彼と親しくもなかった頃から、疑わしいと感じるなにかが久遠にはあるのだろう。

言われるままに服をすべて脱ぎ、体を隅々まで見せた。

確認しても痕跡《こんせき》などあるはずもない。白くあることに安堵し、シミをつけるという矛盾した行為。そこら中に痛みの伴《ともな》ったキスを久遠は施《ほどこ》した。

最後に犬のような姿勢を取らされ、普段は無視されている場所も見せるよう命じられた。羞恥《しゅうち》に縮《ちぢ》まるばかりの乾いた入口に、久遠は満足し、昂《たかぶ》った自身をなすりつけてきた。生々しく滑《ぬめ》りながら行き交う感触は、欲しがっていたものにもかかわらず、求める気持ちにはなれなかった。

怒らせた久遠が怖かったのもある。

でも、それ以前に気づいてしまった。欲しかったのは行為そのものではなく、恋人であるという確証のようなものかもしれないと。

心の片隅に、掃《は》いても掃いても残る迷いを打ち消すために。

そして、久遠はそうまでしながらも体を繋げようとはしなかった。

「昼間はまだ暖かいね」

隣に腰を下ろしながら、今までと変わりない柔らかな声で目を細める。

「うん、もうすぐ十二月とは思えないくらいだよ」

「真文、昨日渡しそびれたものがあるんだ。クリスマスプレゼントにはちょっと気が早いんだけど」

「……プレゼント？」

「開けてみて」

手渡されたのは白い箱の包みで、臙脂《えんじ》に近い赤い色のリボンがかかっていた。

細長い箱の中身はネックレスだ。銀色のチェーンと、同じく銀色のプレート状のトップ。下げればたぶん胸元あたりにくる。

「これって……」

「いつも気になって落ち着かない感じだったろう？　なにか下げてしまったほうがいいんじゃないかと思って」

「もしかして……プラチナ？」

「ずっと身につけるものだからね」

さらりと答えるけれど、パッケージのブランドといい、値の張る品に違いない。センスのいい久遠の選んだものだ。シンプルながら洗練されていて、性別も年齢も選ばない、長く身につけるのに相応しいデザイン。

「名前と連絡先を彫《ほ》ってもらったよ」

トップを裏返すと、手元を覗き込むようにして久遠は告げた。

「これなら安心だろう？　なにかあっても、ちゃんと戻って来られる」

「……うん、そうだね」

ローマ字で記《しる》された名前と電話番号。たしかに、いつまた記憶をなくさないとも限らない身なのだから、これくらいはしても当然だろう。

同居人で恋人。雇用主で保護者のようでもある関係。妥当《だとう》にもかかわらず、連絡先が久遠の電話番号であることだけが気になった。

まるで、ペットの首輪のようだと。

「真文、かして。つけてあげるよ」

するりと頭を通せる長さにもかかわらず、久遠は自《みずか》らの手にとり、静良井の首にかけたがった。硬質なプラチナは容易く傷つくことはなく、輝きが損《そこ》なわれることもない。

「ありがとう、光彬さん」

下げたばかりの金属は首筋をひやりとさせる。ぎこちなくならないよう礼を言うだけで精一杯だった。

本音は素直に喜べていない自分を煩《わずら》わしく思う。

久遠はなにも悪くない。ただ、自分を心配してくれているだけだ。独占欲が強いかもしれないけれど、恋人なのだからおかしくはない。

たかが喫茶店とはいえ、嘘をついてまで通い疑わしい行動を取った自分が悪い。

「光彬さん、僕は記憶を失くす前とどこか違うかな」

滑《なめ》らかなペンダントトップを指でなぞりながら、俯《うつむ》き加減に静良井は尋ねた。

「え、どういう意味？」

「いや……前の自分を自分で知らないわけだし、性格ってだいたい経験でできあがるものだろ？　覚えてなければ、性格も変わるんじゃないかと思って」

だから、こんなに薄情なのだろうか。

向けられた想いを、同じ量で返せていない。

「そうだね、忘れてることは多いけど……同じ家にいて、同じ仕事にも戻ったんだから、大きくは変わらないよ。少なくとも、僕には真文は真文のままだ」

「……そう。だったらいいんだけど」

「相変わらずコーヒー好きだしね」

添えられた言葉に静良井は苦笑し、その一方で疑問も頭をよぎった。

——もしも。

もしも、自分が別の生き方をしていたらどうだろう。この美しく整った部屋ではなく、信頼される社名と肩書の印字された名刺も持たず、誰も知らないどこかで目覚め、誰も知らない生活を営《いとな》んだとしたら。

それは、途方もない孤独。宇宙にでもポイと放り出されたみたいに心許《こころもと》なく、目的地も現在地も判らない地図上に立たされたように不安で仕方がないはずだ。

自分は、今の自分でいられるだろうか。

まるで違う人間になったかもしれない。一人で上向いて立つしかない、真っ白な花のような人にも。

「……宇宙なんて、放り出された途端に死んでしまうか」

「真文？」

訝る久遠に向けて応える。

「ここ、すごく高いからさ。夜は宇宙みたいだし、昼は沖に出て行く船の上みたいだなって」

空も海も青い。ぐんぐんと戻れない沖へと船出をしていくように、窓の向こうを見つめると感じる。

「これ片づけてしまうよ」

静良井はそう言って、膝上に抱えたままの重い雑誌の束に視線を落とした。

久遠もインタビューを受けていたマイナーな雑誌は、書店ではあまり見ないカフェの紹介誌だった。

『久遠《くおん》さんもね、やっぱり静良井《しずらい》くんと同じ意見だったの！　引き菓子は正統派なもののほうが、年配の方にも喜んでもらえるよって』

優里《ゆり》の声は電話口にも弾《はず》んで聞こえた。

「そんな話を……優里さんから電話したって聞いたけど、そうなんですか？」

『うん、あの後、彼が迎えに来るまでに時間があったから……もしかして、タイミング悪かった？　久遠さん、これから車で帰るところだとは言ってたけど……』

「大丈夫ですよ。土曜はゴルフの予定が中止になったみたいで」

『そうだったの。静良井くんがいないから、ランチも一人だとは言ってたけど……急いで帰ってあげたらよかったのに』

他意のない彼女の言葉に、静良井は愛想笑いを響かせる。

週明けの月曜、仕事帰りの夕方に優里から電話がかかってきた。

土曜のことは、彼女にはなんの落ち度も罪もない。先月のホームパーティで渡した花束のような、まさに『甘い未来』へ向け準備中の彼女に、水を差す話ができるはずもなく、会話も調子も合わせて電話を終えた。

そもそも、久遠を通して静良井にもたくさんの友人ができたが、誰一人として本音を話せる相手はいなかった。ホームパーティなんて、ありのままの自分を見失うまやかしにすぎない。

「……はぁ」

スマートフォンを手にしたまま、歩道橋の手摺《てす》りに凭《もた》れる。仕事は早くに終わり、気づけばまたこの場所へ来てしまっていた。

日暮れは早く、すでに夜へと変わった街並みの中、高台の住宅街の明かりにはカナリーの放つ光も見える。

行きたくとも、足は動かなかった。中上《なかがみ》の体調はよくなったのか気になるけれど、USBの話で少し気まずくなってしまい、なによりこれ以上久遠の機嫌を損《そこ》ねるわけにもいかない。

——しばらくあの店のコーヒーは諦めるべきかな。

未練がましく見つめるも、吹きつける風も冷たくなってきて、静良井はスーツの上に羽織《はお》ったキャメルのトレンチコートの前を掻《か》き合《あ》わせながら階段に向かう。

足元に注意を払いつつ下りていると、声がかかった。

「……静良井さん？」

驚いてそちらを見る。

薬局の手前に停めた原付バイクに乗ろうとしていた男と目が合った。

若い男だ。学生くらいに見える。男は被《かぶ》ろうとした半キャップのヘルメットを手にしたまま、歩道に下りた静良井の元へ走り寄ってきた。

「わっ、ホントに静良井さんじゃないすか！　お久しぶりですっ！」

「君は……」

「スーツなんて着てるから、全然判りませんでしたよ。あっ、でも、判ったから声かけてんですけどね！　今日はカナリーですか？　あっ、もう閉店時間近いか、じゃあ帰りですか？　てか、まだ通ってるんすか？」

腕の時計を確認しつつ、息を継ぐ間もない勢いで問う。

静良井は呆気《あっけ》に取られながらも、気を引かれた。

カナリーを知っているらしい。

「奇遇だなぁ、会えてよかったです。急に辞《や》めることになって、静良井さんしばらく来てなかったから挨拶《あいさつ》もしないままで、ちょっと気になってたし」

「君は……」

「にしても、店長ひどくないすか。今そっち女の子のバイトが入ってるんでしょ？　バイト雇《やと》う余裕がなくなったみたいなこと言って、俺のことクビにしたくせに……ああ、クビって言っても、新しい店を紹介してくれたんですけどね。元町《もとまち》に近いカフェですよ。ムーンライトカフェって、知ってます？　バイト代上がったし、可愛い女の子の客も多いし、ぶっちゃけまぁ……気に入ってはいるんですけど。あっ、ここだけの話。俺ね、実は彼女できそうなんっすよ！」

最後の情報以外、確認したいことは山ほど芽生《めば》えるも、とにかく口を挟む隙がない。見た目も快活そうだが、大きな口でよく喋《しゃべ》る男だ。

再会の興奮も相まって、普段よりさらに倍増しでお喋りにも早口にもなっているのだろう。

僅《わず》かな切れ間でも探るようにして、静良井はどうにか質問を捻《ね》じ込《こ》んだ。

「君は、一体誰なの？」


初夏までカナリーでバイトをしていたという男は、佐藤《さとう》と名乗った。

一つ質問すると倍、いや五倍は返ってくる男で、いろいろと語ってくれた。自分は一年以上前からの常連で、あの店へは週に二、三日のペースで通い、時折ノートパソコンを開いて仕事をする、いわゆるノマドワーカーだったらしい。

自《みず》ら名乗っていた職業は、カフェ雑誌のライター。

にわかには信じられない。さらに信じられないことに、近所に住み、一人暮らしのようだったというのだ。

お喋りで口も堅くなさそうな男でも、嘘を言うようには見えなかった。記憶喪失を告げると、興奮気味にあれこれと訊いてきたけれど、『じゃあ、俺のことも本当に覚えてないんですか？』と問う顔は淋しげだった。

話を総合すると、歩道橋を挟んだ国道の向こう側に自分は住んでいたらしいが、住所までは知らないという。

ただ、記事を書いていたという雑誌名は教えてくれた。家のマガジンラックにもあるカフェ紹介の雑誌で、整理したばかりの本を静良井は急いで家に帰って確かめた。

記名記事を見つけたのは、久遠のインタビューの載った号だった。

久遠の記事のいくらか後ろに、路地裏のカフェの紹介コーナーがあり、最後にフルネームで自分の名前が入っていた。もしやと思い、資源ゴミとして括《くく》った古い号も紐解《ひもと》いてみれば、いくつか自分の名の入った記事がある。最近のものにはない。

静良井なんて、どう考えても多くない名前で、同姓同名の別人である可能性はない。さり気《げ》なく久遠に尋ねたところ、雑誌はチェリーカフェに関わる部分しか見ていないという。

気づいている様子はなかった。

そもそも、カフェのライターをやっていて、一人暮らしとはどういう状況なのか。まるで二重生活でもしていたかのような、キツネにつままれたみたいな話だ。

自分は半年前まで無職だったのだから、久遠が昼間働きに出ている間に抜け出してカナリーに通い、一人暮らしやライターの振りをすることは可能ではある。

この上、夢遊病だの多重人格だのまで加わりそうな想像に、暗澹《あんたん》たる気持ちになった。『静良井真文《まさふみ》』という、ようやく判りかけた人間が、摑めなくなってくる。

居ても立ってもいられない思いで、翌日の午後は外出先での仕事がスムーズに終わったのを幸いに、早引けさせてもらった。

都内へ足を伸ばして訪ねたのは、電話で約束をした出版社で、神保町《じんぼうちょう》の雑居ビルにあった。ワンフロアにいくつかの編集部と営業部が詰め込まれている、大きくはない出版社だ。

「チェリーカフェホールディングス、新規事業推進部……」

菓子折りと一緒に差し出した名刺を手にした担当の男は、向かい合った応接コーナーのソファで、不機嫌さも露《あら》わに読み上げた。スーツ姿の静良井を見る眼差しは、胡散臭《うさんくさ》いと言いたげだ。

男は三十代後半くらいか。静良井にとっては、カナリーの元バイトの彼と同じく、初めて目にする人物だった。

「ご迷惑をおかけし、大変申し訳ありませんでした」

深々と頭を下げた。記憶はなくとも、突然仕事を放り出して音信不通となり、迷惑をかけたのは事実だ。

電話口で男がそう話した。

「今回のことは現在の仕事とは関係なく、あくまで僕の個人的な問題で……」

「記憶喪失？」

「はい、全生活史健忘《けんぼう》症です。一応医師の診断書を持ってきたんですが」

「いいよ、そんなもの見せられても、こっちも損害賠償《ばいしょう》してもらおうってんじゃないから」

男は手のひらを突き出して、ブリーフケースを開け始めた静良井を制した。

理解を示したというより、突っぱねるような口調だ。そんな怪しげな病名を出されても困るといった反応だった。

「つまり、僕のことも覚えてないってことでしょ?」

「すみません」

「新規の依頼持ちかけたら喜び勇《いさ》んで、すぐにもやりますって感じで、僕が連絡するって話したのも、次号の予定だって決まっててテーマ詰めてるところだったのも、それ以前に自分がなに書いてたかも覚えてないってことでしょ?」

「……すみません」

男も戸惑い、頭が追いついていない様子だが、静良井もただただ項垂《うなだ》れて詫《わ》びるしかない。

空気を一掃するような盛大な溜め息が返ってくる。

「元々、身分証明を取る仕事じゃないからね、ライターや作家ってのは。そりゃあいろんなワケアリや詐称《さしょう》もあるだろうけど、記憶喪失って……」

男は持ってきたクリアファイルから、端にダブルクリップの留まったワープロ打ちの文章を出した。

「これは……」

「君がうちに最初に投稿してきた原稿だよ。情景が目に浮かぶようだと思ってね。なにより、書かれている店にすぐにも行きたくなった。単純だけど、すごいことだよ」

手に取っても、冒頭に目を通してみても静良井にはなにも思い起こせない。これまで、こういった形で記憶が蘇《よみがえ》った経験はないけれど、見せれば少なからず反応があるものと期待をされたのかもしれない。

「君とは良い仕事ができてると思ってたのに、残念だよ」

男の失望の声からは、最初のような苛立《いらだ》ちさえ消えていた。

「それでなんだっけ、ああ……君の住んでいた家の住所を教えてほしいんだったね」

「はい」

男は書類を取り出し、手渡しかけて動きを止めた。やや引っ込めるような仕草さえ見せ、ローテーブル越しの静良井の顔をじっと見る。

「……あの？」

首を捻《ひね》りかけると、神妙な顔をして言った。

「いや、君の状況が本当ならさ、それって本人だって言えるのか気になってね」

この世界は普通というシステムで成り立っている。

一般的に同じ体に収まっている意識が『本人』だ。それを『普通』としている社会では、記憶喪失によりどんな別人になり変わろうと同一人物と見なされる。

結局、出版社の男は渋々のような顔をしつつも、住所を教えてくれた。

そこは歩道橋のある国道を挟み、カナリーとは反対側へ十分ほど歩いたところにある集合住宅だった。昔ながらの家々の多く残る街並みの中でもさらに特徴のない、注意しないと行き過ぎてしまうようなアパートだ。

実際、日暮れの判りづらさも加わって通り過ぎてしまい、スマートフォンの地図を見据えてうろうろした。

「……ここか?」

木造だか軽量鉄骨《けいりょうてっこつ》だかの、二階建てのアパート。普通という形容を省《はぶ》けば、古びた印象しか残らない。

一階の端の部屋がどうやらそうだが、表札に名前はなく、やけに軽い音のする茶色のドアを試しに叩いてみても反応はなかった。迷った末に引いてみたノブも鍵がかかっている。

自分の部屋なら鍵はどうしたのか。歩道橋の階段を滑《すべ》り落《お》ちた際に、落としてしまったのだろうか。

どうにか裏手の窓側へ回れないかと、隣家の塀《へい》との隙間を覗いてみたりもした。明らかに行動が不審だ。路地のほうから『ワン!』と高い声で吠《ほ》えつかれ、静良井は盛大にびくりとなった。

振り返れば、小型の茶色い犬が地面を前足で漕《こ》ぐような勢いで主人の老人を引っ張り、向かってくる。

散歩中の犬にも目をつけられるほど怪しかったかと思いきや、犬は千切《ちぎ》れんばかりに尻尾《しっぽ》を振っていた。

「静良井さん！」

名を呼ばれ驚きつつも、どうやら老人は顔見知りらしいと理解する。

知らない人々に、知った顔をされるのもだいぶ慣れた。

「あ……こんばんは」

「『こんばんは』じゃないよ、あんた！　よかった。全然見ないから、またどこかで転んで帰れなくなったんじゃないかって、心配してたんだよ」

「え……」

「昼も夜も部屋に戻ってる感じがないし……どこかに就職したのかい？」

いかにも会社帰りのサラリーマンといった服装に目を留めた老人は、ホッとした表情を浮かべて言い、犬はその間もずっと足元で尻尾を振り続けていた。

老人はアパートの住人だった。

二年ほど前、越してきたばかりの静良井が、アパート前の路地で倒れているところを救ったという老人は、そのとき記憶喪失に陥《おちい》ったのだと言った。

挨拶と世間話をかわす程度の間柄ながら、その後も一人で大丈夫なのか気にかかっていたそうだ。物静かで礼儀正しい住人の静良井は、近所に好感を持たれていた。

今もまた記憶障害で半年より前のことを覚えていないと話すと、老人はひどく驚き、合鍵を借りに大家《おおや》のところへ案内してくれた。

家賃は一年分ずつ前払い。もうすぐ切れるところだったが、賃貸《ちんたい》契約は何事もないかのように続いていた。

ドアを開けてスイッチを探れば明かりが灯《とも》り、玄関というよりそこはもうキッチンの一部だ。一歩も上がらないうちから家のすべてが見通せる部屋は、久遠の広すぎるマンションに暮らす静良井には違和感が強くて馴染めない。

主《あるじ》を失いながらも、部屋は今しがたまで誰かがそこにいたような空気だった。どんなに几《き》帳面《ちょうめん》な暮らしでも、生活感を出すには食器洗いのスポンジ一つで充分だ。

「あ……」

食器棚を兼用した小さなカウンターには、銀色のドリップケトル。覚えのないはずの部屋が急に身近に感じられた。

六畳一間の部屋は足元にブラウン系のカーペットが敷かれており、ベッドに座卓と机が一つと、家財道具は必要最低限だ。ライトグレーのカーテンも無地で、暮らしぶりを表わすように味気ない。

壁のカレンダーは今年の五月のままだった。机の上の水色のマグカップも、飲みかけで放置されたのか、底で乾ききったコーヒーが土の色をしている。砕《くだ》けそうな色だ。

まるで時の止まったような部屋――

静良井は椅子を引いて座ると、鎮座《ちんざ》したノートパソコンを開き、そっと電源を入れた。ロックはかかっていない。

仕事用のデータに紛《まぎ》れ、シンプルに『日記』と書かれたフォルダがある。開けば、ずらりと並んだファイル名に息を飲んだ。始まりは二年前。記憶を失くしてから、忘れないよう綴《つづ》られた日々の記録であることは、読めばすぐに判った。

いずれまた来るかもしれない、その日のために。

つまり、これはある意味、今の自分のために残されたものだ。

『九月三日。今日病院を退院した。今いるのは月明荘《つきあけそう》、一〇一号室。部屋に覚えのあるものはない。本当に引っ越してきたばかりのようだ。とりあえず所持品《しょじひん》をリストにしておこうと思う』

業務レポートのような書き出しで、淡々と綴られた始まりは不安と孤独しかない。それでも、自身の素性を追って廻《まわ》るようになったカフェの感想をきっかけに、ライターの職を見つけ、『静良井真文』という人生を新たに歩み始めたのが伝わってきた。

すべてを読むには時間がかかる。

掻《か》い摘《つま》むように読み進めた静良井が、じっくりとファイルを一つずつ開くようになったのは、

『カナリー』の文字が登場してからだ。

最初は気に入りの喫茶店として。それから、愛想《あいそ》の悪いマスターが大変惜《お》しいとライター調で。そして、歩道橋で助けられたのをきっかけに、急速に親しくなった。

静良井はマウスから手を離し、パソコン画面からも視線を逸《そ》らして、ブックスタンドを探った。

ありふれたリングノートを手に取り、開き見る。

「これが、その……」

パソコンの日記に記《しる》されていた。

——彼と共に、『M』を探し始めたと。


坂の上で窓明かりが揺れている。

揺らぐ明かりはずっと遠いまま、坂はいつも上るときはなかなか目的地が近づいてこない。もどかしい思いに駆られ、次第に疲労に重くなる足を一歩一歩動かし、静良井は前に進んだ。

こんな気持ちだったのだろうかと思った。

突然終わりを迎えた日記の最後は、中上に会いに行くと書かれていた。過去の恋人探しを手伝ってくれた中上に惹《ひ》かれ、じっとしてはいられず、今すぐ彼に会いに行くと。

明日さえも待てずに。

きっと着のみ着のままで家を出たのだろう。いや、中上に会いに行くのだ。自分のことだから、それなりの体裁《ていさい》は整えようと着替えたに違いない。

日付は五月の終わり。歩道橋の階段を落ちた日だ。今の自分が、この世に生まれ落ちたみたいにふと始まった日。

今の静良井も、同じ気持ちだった。

息を切らして坂の頂上を目指した静良井は、小さな洋館の扉に手をかける。カナリーのドアを押し開くと、半分明かりを落とした店内で、テーブルを拭《ふ》いて回っていた中上が顔を起こした。

目が合えば、まるでなにかを察したように言う。

「すみません、今日はもう閉店時間なので」

たしかにとうに閉店の時刻だ。けれど、数日前までプライベートな時間も過ごした相手に言うには、あまりに事務的な受け答えだ。

ちょっと見舞ったくらいで恩に着せるつもりはないけれど。

「コーヒーを飲みに来たんじゃないよ」

静良井はむっとした声で応《こた》えた。

カウンターのほうへ板床を歩み寄りながら、自分は不満があるのだと気づく。事実を知らされないだけでなく、嘘をつかれていた。

「そのUSBはやっぱり僕のものだ。返してくれ」

中上の驚きは瞠目《どうもく》で伝わってきた。

「……まさか、思い出したんですか？」

そんな顔は初めて見た。

「偶然、ここにいたバイトの佐藤くんに会ったんだ。いろいろ聞かせてくれたよ。君が急に彼を辞めさせたこととか……どうして、辞めさせたりしたんだ？」

言ってから、理由が重要なのだと察した。

「もしかして、僕に知られないようにするため？　また、来るかもしれないと思っていたからなのか？」

歩道橋から見える喫茶店。景色の中で一つだけ浮かび上がるような、周囲と違う建物の雰囲気に惹かれて自分はまたここへ来た。

きっと、何度でもやって来る。

何度、記憶をなくしてもここへ。

中上は、それに気づいていたのだ。

「恋人が死んだなんて嘘だろう？」

「本当です」

「まだ、そんなこと……そのＵＳＢは僕のだ。勝手に人を殺さないでくれ」

「彼はあなたじゃありません」

詰め寄るように距離を縮《ちぢ》める静良井に、後ずさろうとした男は椅子にぶつかり、ガタリと音を鳴らした。

「僕だって言っただろ！　何度記憶をなくしても、覚えてなくても、あなたはあなただって言ってくれただろう？　その日記に書いてある。全部、君が言ったことだ」

自分がまだ知らないと思っているのか。あるいは、肌身離さず持ち歩きながらも、中上は中を見てはいないのかもしれない。

「その中には日記が入ってる。住んでたアパートにパソコンがあったよ。そのＵＳＢのデータが全部残されてた。君の店に初めて行った日のことも、君が一緒にＭを探すと言ってくれたことも、君と過ごした時間、君への気持ち、みんな書き残してた」

静良井は訴えた。強く迫《せま》っているにもかかわらず、中上はどこか遠くを見通すかのような目でこちらを見ている。

まるで、気持ちに触れていないかのように。

なにか間違ったことを言っているだろうか。

恋人とは言えなかったかもしれない。でも、自分と彼は気持ちが通じ合っていたと確信した。

あの日記。過去を知らない今の自分だからこそ、客観的に見えることもある。

「中上くん、どうして言ってくれなかったんだ」

ダークブラウンの椅子に片手をかけた男は、突っ立つ静良井から目を逸《そ》らすと、乾いた笑いを零《こぼ》した。

「どうして？　俺の気持ちが判りますか？　あなたがいなくなって、不安で心配で、もしかしたらって思って……あの人の会社に行ってみたら、あなたが並んで出てくるのを目にしたときの……俺の気持ち、判りますか？」

静良井は息を飲んだ。

「約束してた明日なんて来なくて、でもあなたはまたここを見つけて、あの人を連れてきた。俺の淹《い》れたコーヒーを『美味《おい》しい』って言って飲んでくれましたよ。二人で幸せそうにね」

初めて触れた本音に、すぐには声も出せなかった。

「なのに、今更俺になんの用があるってんですか。もう忘れました。今はお客と店員でちょうどいい関係を築けてると思ってるんです。最初はたしかに気持ちが追いつかないところもありましたけど、まぁ慣れてますしね」

「慣れてって、どういう……」

「今のあなたには、高いところが似合っています。こんな坂の上の流行《はや》らない喫茶店じゃなくて、立派な塔の高いところ」

「たっ、高いとこなんてべつに好きじゃない。知ってるだろう。今だって順調ってわけじゃ……」

「だからって、俺にどうしろってんですか。カウンターで仕事の愚痴《ぐち》零すだけじゃ足りなくなりましたか？」

冷ややかな声が耳に響く。

「な、中上くん？」

突っぱねる言葉と裏腹に、コートの腕を摑んだ男にぐいと引っ張られた。一番近い四人掛けのテーブルに横たわらされた静良井は、戸惑いのままに仰《あお》ぐ。

「あ……」

覆《おお》い被《かぶ》さられて、反射的に身が竦《すく》んだ。

「ほら、こういうことされたらビビるくせに」

唇の端だけで、中上はふっと笑う。

「もしかして、俺を舐《な》めてますか？　いつまでも物分かりのいい男でいるとは限りませんよ。あなたをどうにかするのは、結構簡単ですから」

額に手を当てられ、静良井は呆然となって言葉を失う。

「この記憶を消してしまえばいい。テーブルくらいでも、頭打ちつけたらまた飛ぶかもしれませんね。そしたら、目覚めたあなたに俺はこう言う。『あなたは俺を誰より愛していて、俺なしじゃ生きられない人だ』って。ね、すごく簡単だ」

まるでシミュレーションでもするかのように、脅《おど》し文句が並ぶ。

驚きつつも、不思議なほど怖いとは感じられなかった。

「簡単かもしれないけど……君はそんなことはしないよ」

「どうして判るんです？　あなたが俺のなにを知ってるって言うんですか」

「叱ってくれただろう？　雨の日に、君は僕に怒ったじゃないか。簡単に忘れても平気みたいなこと言うなって。あれが君だよ」

覚えてる。

あのとき、どんな思いで彼はそれを口にしたのか。

「……バカバカしい、あんな言葉くらいで。あなたは俺をなにも知らない」

「じゃあ、君を教えてくれよ。君が悪い男だってんなら、それでも……」

ぐっと押さえ込む手に力が籠《こも》った。いつも感情を窺わせない目が、鋭《するど》く刺すように見下ろしてくる。

見つめ合い、息を飲み、突然放り出すように中上は手を離す。

「……くそっ」

吐き捨てて身を起こそうとする男を、放すまいと必死になったのは静良井のほうだ。

きっちりとアイロンのかかったグレーのシャツの腕。マスター姿の男を咄嗟《とっさ》に捕まえ、その上半身に両腕を回して戻るよう促す。

「……静良井さん？」

身を受け止めると、中上の重みに体が震えた。

彼の体温。匂い。感じただけで、自身のあちこちが騒ぎ出す。

心も体も。まるですべてを覚えているかのように。

「な、中上く…っ……」

自分はおかしい。

こんな状態で触れ合ったらどうにかなってしまうと判っていながら、逃《に》げ退《の》くどころか引き留めている。

コートやスーツを掻《か》い潜《くぐ》るように、男の手はするりとシャツの上に滑《すべ》り込《こ》み、それだけのことに静良井は熱を予感させる甘い声を漏らした。

「んん…っ……」

微《かす》かにシャツを浮き上がらせた胸元の尖《とが》りを、指先が引《ひ》っ掻《か》く。布越しに存在感を示し始めた乳首を刺激され、震える体はひくっと喉《のど》まで鳴った。

中上の手だ。コーヒー豆を丁寧《ていねい》に挽《ひ》くあの手。カップを差し出すときの流れるような所作《しょさ》も。些細《ささい》な動きや爪の形まで、ノートに書き留めたように記憶している自分に気づく。

求めるほどに見ていたことも。

「相変わらず敏感ですね」

揶揄《やゆ》する言葉にさえ、鎧《よろい》のように纏《まと》ったスーツの下の肌は熱を上げた。

首元を締めつけるネクタイを解《ほど》かれ、シャツのボタンは一つずつ外されていく。神聖なはずの店のテーブルで肌を晒《さら》す行為に、全身が赤く染まる錯覚さえ抱いた。

「……悪趣味ですね」

「え……」

重く放たれた中上の声。視線は、首から胸元にかけて薄く散る痣《あざ》を見ていた。

三日前に久遠がつけたものだ。

「俺にこんなもの見せつけるなんて」

「見せ……なんてっ……」

「欲求不満かと思えば、充分満たされた生活みたいじゃないですか。まさか、男が一人じゃ足りないなんて言いませんよね？」

狼狽《うろた》える静良井は、鎖骨《さこつ》の痣めがけて落ちた唇に『ひっ』となった。

噛みつかれた。

「い…たっ……」

一つがすんだら次へと。痣の数だけ罰のように歯を立てられ、きつく吸いつかれて声を震わす。

「……ひ…っ、あ……そこは、なにもっ……」

色づいてぷつりと膨《ふく》れた粒に唇が触れる。

「ここには、キスもされてないって言うんですか?」

「ふ…っ、あ……」

痣はない。

でも——

『真文は本当にここを弄《いじ》られるのが好きだね』

何度もそう言った久遠の声が、頭に蘇《よみがえ》る。

「あ…ぅっ……」

前歯に挟み込まれて、初めて本気で怖いと思った。千切られたらどうしようと本能的な恐怖を覚えながらも、体のどこかがひどく波立つ。

高く。激しく。

じわりと力を加減しながら嬲《なぶ》られ、静良井は羞恥《しゅうち》と痛みに啜《すす》り泣《な》く。

冷めることのない熱が、ぐずぐずと頭を支配し始めるのを感じた。交える泣き言さえも、どこかの回路を伝って強い快楽へとすり替わる。

「なっ、中上くっ……待っ…て……ちょっと、待っ……」

スラックスのベルトを中上は外した。ボクサーショーツごと引き下ろされ、触れられてもいないのにぬるついた中心が露《あら》わになる。

貼りつくほどに湿った布地を剝《は》がれ、上向いた性器はぶるっとこれ見よがしに頭を振った。

「あっ……や……」

いくら否定したところで抗《あらが》えない。

なによりも中上を欲しがっている証拠だ。

痛いほどの刺激にも興奮し、被虐的《ひぎゃくてき》な快楽を得ている。

「二階へ行きますか?」

「……がみ、くんっ」

「って、あの晩も俺がそう訊いたら、あなた素直に頷いてくれましたよ」

告げる男の黒い眸が、自分と同じく深い情欲に濡れ光って見えた。

熱を当てられ、テーブルの上にぼとぼとと崩れそうに緩んだ生クリームケーキ。そんなイメージが頭をよぎる。

形はもう留《とど》まれない。

テーブルに転がる静良井はこくりと頷いた。

二階の明かりは点《つ》けないままだった。

冷たい夜風を遮《さえぎ》る窓は閉ざされ、カーテンの隙間から月光だけが差し入っている。かごの鳥は眠っているようで、鳴き声どころか気配すら感じられない。

静まる部屋には、静良井の「はっ、はっ」と吐く息遣いだけがやけに大きく響いた。

コートもスーツのジャケットも、解かれたネクタイ、スラックスや下着、それから真っ白なワイシャツも、たぶんその辺りの床に乱雑に散らばっている。

静良井の身に纏《まと》うものはなく、一方で中上はグレーのシャツの襟元《えりもと》を緩めただけだった。服も脱ごうとしない男の下で、静良井は白い裸身《らしん》をくねらせる。

「い……っ、や……もう、そこっ……」

時間をかけて焦《じ》らされた体は、充血した乳首を思い出したように弾かれただけで、泣きたくなるほどの快感が走る。実際、静良井はもう眦《まなじり》を濡らしていて、「あっ、あっ」と啼《な》いて腰を揺らした。

両足は女の子のように開かされ、すべてが中上の視界の内だ。

「本当に感じやすくて……いつも澄ましてるのに、いやらしい人だな」

狭間《はざま》に垂《た》らされた潤滑剤《じゅんかつざい》代わりのオイルが、奥の窪地《くぼち》に伝う。

「……あ……」

マッサージのように触れる指。入口を突いて擦《こす》って、滑《ぬめ》りと刺激にそこが和《やわ》らいでくる。

爪の先を飲むほどに綻《ほころ》んだのを合図に、ズッと指が中へと沈み、その瞬間快感が弾けた。

「ひ…っ……あぁっ……」

月明かりの部屋に覚えた閃光《せんこう》。目蓋《まぶた》の裏がチカチカ光って、高く裏返る声を上げた静良井は、あからさまに腰を振り立てた。

早くも射精したような動きに、主導権を握っているはずの中上は驚く。

「……静良井さん？」

「まっ、待って……や、こんな…っ……」

そこへ指を飲んだだけで、ひどく感じた。

「……ぅう…っ……」

ジンと熱い疼《うず》きが生まれる。ずっと欲しくて焦《こ》がれて、飢《う》えていたところ。空腹に果実でも投げ与えられたみたいに、体は素直に喜悦《きえつ》する。

甘くて瑞々《みずみず》しい禁断の果実。

「あっ、あっ、なん…で…っ……」

「随分……可愛がられてたみたいですね。指、入れたくらいで前がトロトロじゃないですか」

中上の低い声に、綻びかけたベッドの上の身は竦《すく》んだ。

「ちがっ……これ、は…っ……」

「中もまだキツイのに、ものすごい悦《よろこ》びようだし」

「……んんっ……ひ…ぅっ……」

「あの人に、セックスたくさんしてもらえました？　当たり前か、一緒に暮らしてるんですもんね。毎晩綺麗な夜景見て、大きなベッドで抱いてもらって……俺のことなんか忘れて、アンアン啼いてたんでしょう?」

酷《ひど》く責める言葉。淡々とした口調で詰《なじ》る男は、日記に書かれた中上とは少し違っている感じがする。

——自分がそうさせたのか。

無意識の行動も言葉もすべて、彼を傷つけ苦しめた。

「でも……して、な…っ……して……ひ…ぁっ……」

抉《こ》じ開《あ》けるように、二本目の指が押し込まれた。これまで、久遠とのセックスでは何度も熱を上げては与えられずに冷め、はぐらかされ続けてきた体の奥が突然の悦びに戸惑う。

まごつきながらも、解ける。

「あ……ふっ、あ……あっ……」

「……ああ、もう奥までぐずぐずになってきた。早いな。柔らかくなってきたの、判りますか?」

「や…っ……あっ……」

蕩《とろ》けた最奥《さいおう》を二本の指にぐいと開かれ、啜《すす》り喘《あえ》ぐ静良井は浮かせた腰をまた小刻みに揺すった。

「……あっ……」

白く濁《にご》った体液が、前触れもなく噴《ふ》き零《こぼ》れる。あまりに呆気《あっけ》ない。間違いでも起こしたかのような射精に、驚いた男が指を抜き取ろうとする。

静良井は中上の腕を摑んだ。

「い、や………」

自分の中からなくなるのが嫌で縋《すが》りつく。

「……まだ、嫌だっ……やだ……」

「……し、静良井さん？」

目を瞠らせる男の下で首を振る。

「……して、ない」

「え……？」

「こんなこと、みつ…っ……光彬《みつあき》さんとは、してない…っ……」

「そんなわけ……」

「本当にっ……してない、んだっ」

信じられるはずもない男が息を飲んで問う。

「なんで？」

「わかっ、判らない……最後までは…っ……して、くれなかった」

言葉を選ぶ余裕がなかった。求めた事実をストレートに言葉にしてしまい、中上の眼差しに暗い光が戻る。

「あなたは、したかったの？　彼と」

「だって、君が……君はしたんだろ？　だから、僕の体はこんな…っ、こんなふうにっ……」

快楽を一つも知らなければ、求めることもない。

歩道橋から落ちた夜、体に残されていた痕《あと》。二階に誘ったという中上の口ぶりからも、少なくとも一度はそうした行為があったのだろうと思った。

「それで、責任取れとでも言うんですか」

責任なんて、彼にはない。

ただ、欲望に忠実になった体はすでに走り出してしまっている。

「もっと……もっとして、ほしい。もっと、ちゃんと……君にっ」

「……どこに欲しいんです？」

「あっ……そこっ……おし…りっ……」

言葉にすると、見つめる眸がじわりと潤《うる》んだ。

「……俺の指、お尻から抜いたら嫌？」

「んっ、ん……ぁっ……嫌だっ」

軽く目を閉じ、コクコクと頷く。目蓋の向こうで、中上が目を細めてくすりと笑った気がした。

「……すごいキツキツ、吸いついてくる。そんなに食い締めないでください」

「ひっ……ぁっ……そこっ、そこ……したらっ、また…っ……」

「ここ？　ああ……静良井さんのイイところでしたっけ。強く擦ったら、また噴いちゃいそうだな」

「あっ、あっ……あっ、や…ぁっ……」

シーツに背中を擦りつけ、静良井は悶《もだ》えた。堪《こら》えきれずに、腰が揺れる。中上の指の動きにリズムを合わせ、寝そべるまま引いては突き出し。打ち寄せては引く波のように、砂浜を舐めて浚《さら》って、自《みずか》ら悦楽《えつらく》の海へとへ引きずり込んで溺《おぼ》れる。

「はっ、は…ぁっ……」

短く熱い息。吐くほどに意識は遠《とお》退《の》き、朦朧《もうろう》となった。

「静良井さんは、酷い人だな」

「あっ……ひ…ぁっ……」

「あんなすべてを手にしてる人をパートナーにして、愛されて、なんにも不自由がなくて……幸せそうな顔してた。今も、前のときも。それでもまだ俺が必要だって言うんですか？」

「な、中上くっ…んっ……あっ……」

「俺に関わっても、いいことなんてありませんよ」

まるで自虐的に言う男の声が、ふと淋しげに聞こえた。

「でも……欲しいなら、奥まで嵌《は》めてあげます」

根元まで飲んでいた指をずるりと抜き取られ、喪失感《そうしつかん》に震える。静良井はされるがままに身を反転して、ベッドへ俯《うつぶ》せた。

「あ……」

中上がようやく服を脱ぐ気配に、シーツに熱の籠《こも》った息を幾度も吐きつけ、入り混じる不安と期待に眸を潤ませる。

「静良井さんの欲しいとこ、よく見えるようにしてください」

言われるままに、上体は俯せたまま腰だけを高く掲《かか》げる。

久遠に命じられたときは、恐れに支配されるばかりだったのに、中上の視線を感じると、触れられてもいない性器がとろとろと透明な涙を零し始めた。

「あ……あぁ…っ……」

後背位《こうはいい》での挿入に、すぐに軽く達した。

先走りが射精のようにぴゅっと滴《したた》り、それを感じやすいと言ってまた中上にからかわれる。

言葉でも嬲られ、またしとどに濡らす。

弱くて、脆《もろ》くて、淫らな自分。

「あっ、うぅ、そこばっかり……しな…っ、で……」

「どうして？　ここがさっきからしてほしかったところでしょう？　尻を振って欲しがるくらい気持ちいいくせに……あの人がダメなら、俺でもって」

熱く籠った息を、中上も後ろでついた。冷めているわけじゃない。なのに嬲る言葉は、時折思い出したように冷たく響く。

許されたわけではないのを知らしめる。

「ふっ……あ……」

卑《いや》しく勃起した性器から、ツッと幾重にも鈍《にぶ》く光る滑りが溢れた。

「……ベッド、それ以上濡らすと後が面倒ですよ」

「ごめ…っ……」

脱いだばかりのグレーのシャツを、中上が腹の下へ押し込んできて、びくりとなった。

「出すときはこれにしてください」

「そんな……ことっ……」

「……洗えばいい、だけです」

「そんなっ……でき、できなっ……ダメ、あっ……あっ、ふ…ぁ……」

堪《こら》えきれずに、またとろとろと零れる。限界もそこまできていた。視界がぶれるほどに突き上げられ、静かな部屋に、静良井の泣き声と肌のぶつかり合う乾いた音が響く。

「……いや、だ…めっ……あっ」

駄目だと頭でも繰り返しながらも、ぶるぶると震えは大きくなった。

「あっ、あっ、もっ……もっ、出…る……い…くっ……イク…っ……」

ガクガクと膝が揺れた。「いいよ」と軽く突き上げながら唆《そそのか》され、静良井は中上の制服代わりのシャツを汚した。

しゃくり上げて射精し、くたくたになって突っ伏そうとする体を引き留められる。

「またイッちゃいましたね……でも、まだですよ」

「な……がみ、くっ……」

「まだ、俺は終わってませんから」

「待っ……でも、僕はっ……」

欲望を解いたばかりで、膝の震えすら治まっていない。

「う……うっ……」

逆らえない。中上にそうしたいと言われたから。

これ以上、失望させたくなかった。

彼を喜ばせたい。嫌われたくない。ただその思いだけで、崩れそうに重たい身を腕を引かれるままに起こした。

ぐちゅりと卑猥《ひわい》な音が鳴る。濡れて綻んだ窄《すぼ》まりに、抜け落ちたばかりの屹立《きつりつ》を宛《あて》がわれ、静良井は羞恥《しゅうち》に啜り泣きながらも奥まで飲んだ。

「あ……あ…っ……おくっ、も…う……」

深いところを執拗《しつよう》に突いて開かせ、中上は達した。終わった後は、今度は前からも。拒《こば》む間もなく向き合い、身を絡《から》ませる。

なにか硬いものが身に触れると思ったら、中上が首に下げた赤いＵＳＢだった。

「……これが気になる?」

自然な動きで外し、ベッドのサイドテーブルに移した中上に、以前もそうしたのかもしれないと思った。

そうして、自分は――

終わり方を忘れてしまったように、互いを求め合った。何度も放《はな》って何度も貪《むさぼ》り、何度も。

ドロドロになってしまえば、混ざり合えると錯覚するようなセックスを繰り返す。

「んんっ……もぅ……」

意識を飛ばしかけた静良井は、下腹部に手を伸ばした。自ら扱《しご》こうとすると、すぐに遮られる。

「いや…っ……」

「……ダメですよ。触ったら、静良井さんの好きな、中イキできないでしょ?」

「でもっ……もう……」

もう限界だった。

「はっ……はぁ…っ、なか…っ、がみくっ……はぁ……もっ、許して……もう……」

「……声、掠《かす》れてる。可愛いな」

「ふ…っ……ふ、ぁ……はぁ……」

「泣きすぎですよ。そんなに……セックス、気持ちいいですか？」

伸ばされた大きな手にびくりとなった。頭を包むように撫でられ、安堵と共に手のひらに頬を摺《す》り寄せる。

体温が高く感じられる中上の手。欲しがっていた手のひら。

「……きもち、いい。いい…っ……」

体中に火照《ほて》りを覚えた。

肌が熱い。顔が熱い。眦から崩れ落ちるようにこめかみを伝う涙さえもが熱くて。

「……真文《まさふみ》さん」

名を呼ばれて、体の深いところが震えた。

「まも、る…っ……」

静良井はたどたどしく呼び返した。それだけでは足りずに、手繰《たぐ》り寄せるように両手で彼の顔を引き寄せキスをした。

どうしても欲しいと、唇を重ね合わせる。

間違っているのか、正しいのか判らない。なにもかも、遠い海の出来事のようで、ここにあるのにいくらかは遠い。

ただ彼を喜ばせたい。嫌われたくない。

彼に——好かれたい。

「あっ、好き……衛《まもる》、すき…っ……」

欲しい。欲しい。君が、欲しい。

どうか——

祈るように、それればかり思った。


カナリアの軽い羽ばたきで目を覚ました。

自分が眠っていたことにも、静良井は気がついていなかった。音のした窓辺の鳥かごのほうを窺おうとすると、隣にいる中上に気がついた。

中上は起きており、ベッドのヘッドボードを背に座っていた。

なにを考えていたのか。真っ直ぐに足元のほうへ目線を向けた男は、こちらを見ようとしないまま、普段より少し低い声音で言った。

「満足しましたか？」

「え……」

「したかったんでしょう。俺と、セックス」

そんなつもりで訪ねたわけじゃない。

でも、実際途中から……早い段階からその気になっていて、最後は訳が判らなくなるほど夢中になって求めてしまった。

思い返すだけで、またじわりと頬が熱くなる。

「き、君だってその気だったじゃないか」

声もまだ少し掠れていた。だるい体を起こす静良井のほうへと、中上は顔を向ける。

「俺も聖人君子じゃありませんからね。同じ顔の人に煽《あお》られれば、その気にもなります」

「同じ顔じゃなくて、同じ人間だよ」

「そうでしたね」

あの声だ。あの急に突き放されるかのような、中上のひやりとする言葉と表情。

たとえ社会があらゆる方法で自分を同一人物と証明しようと、望む人の心が受け入れてくれなければ意味がない。

さっきまでの熱は、欲望を晴らすと同時に二人の間で失せてしまったみたいだ。汗ばんでいた互いの体も、きっと触れれば反動で冷たい。

「中上くん、僕は……」

「前から気になってたんですけど……俺を名字で呼ぶのはやめてもらえませんか。公私混同しそうになるので」

静良井は、眦の赤らんだままの目を瞠らせた。

前は『マスターと呼ぶのはやめてほしい』と言ったくせして。動物園に行った日の日記に書いてあった。

彼への恋心に、以前の自分が気づいた日。

知らないとでも思っているのか。それとも、知ったと察しているからこそ、拒絶して見せているのか。

「酷いな。そこまで嫌われるようなことを、僕は君にしたのか？」

「……もういいでしょう、俺のことはどうでも。あなたには、俺よりずっと優しくしてくれる人がいるんですから。あなたをずっと好きで、大切にして、傍にいてくれた人が。ノートの日記も読んだんでしょう？」

「それは……でも、ずっとかどうかは……」

久遠のことを持ち出されると、静良井の声は歯切れが悪くなる。『ずっと』と言い切れないのは、二重生活ではなく、久遠の元にはいなかったはずだと日記を読んで思い始めたからだ。

中上はどう受け取ったのかふっと笑った。

「もう帰ってください」

さらりと告げられ、静良井はなにか言おうとして上手く言葉にならない。

反論はできないままだった。

「……判ったよ」

「帰る前に、シャワーが必要なら……」

「いらない」

半端《はんぱ》に向けられたのは、優しさか、義務か。言いかけた男の言葉を静良井は遮り、ベッドから下りた。

散らばる衣服をかき集めるようにして身に着ける。首に回しかけたネクタイはすぐにつける気にはなれずに、スーツの上着のポケットに突っ込み、最後にコートを拾い上げようとして、銀色のネックレスがカタリと木の床を打った。

久遠のプレゼントだ。身につければ息苦しく、けれどどこかへ置いてしまうこともできずに持ち歩いている。

「それは……」

「首輪だよ」

「え？」

自棄《やけ》になったように言い捨てた。

「迷子にならないようペットには名札を推奨してるだろ？　あれと同じ」

「それって、どういう……」

ふと、赤い色が目に留まった。

ベッド脇のサイドテーブルに置かれたＵＳＢ。銀色のチェーンが天板《てんばん》の端から垂《た》れたそれに気がつき、静良井はハッとなって手を伸ばす。

――本来であれば、これこそが身につけていたはずのもの。

中上が先に取り上げた。

「これは、俺のです」

どんな辛辣《しんらつ》な言葉よりもずっと、明確に自分を拒否された気がした。

中上にとって、本当にそれは形見だというのか。

日記はまだすべてを読み終えたわけではないけれど、ノートパソコンさえあれば、ＵＳＢメモリはコピーにすぎない。

「そんなに欲しいなら、君にあげるよ。おやすみ」

「おやすみなさい」

形ばかりの挨拶に意味はない。『また』も明日の約束もないまま、中上の家を出る。

長い坂は振り返らないまま下り始めた。窓辺に見送る姿などないのは見なくとも判っていたけれど、目にすればそれが現実になってしまう。

急げば転がるようにスピードは出る。行きはあれほど近づいてこない景色も、帰りの眼下の街明かりはすぐに迫《せま》ってくる。

それを、いつも少しだけ淋しく思った。

楽しい時間はすぐに過ぎ去り、終わりを迎える。過去へと変わる。忘れていく。ぽろぽろと抜け落ちて、詳細に思い出すことは適《かな》わない。

まるで、最初からなかったかのように。

——風が冷たい。

もう冬になる。

通い始めた頃には心地いいと感じていた海風は、いつしか身を竦ませるものへと変わり、コートの肩をすくませた静良井は、風圧にじりじりとこめかみを這《は》うものを指の背で拭《ぬぐ》った。

涙なんてどうかしている。

男のくせして、男に突っぱねられて泣いているのか。みっともない。擦《す》れ違《ちが》う者もいない夜道でさえ、そう思う。

坂道の途中で堪えきれずに足を止めれば、体の奥から降りてくるものまで感じて、ますます惨《みじ》めで情けなくなった。今夜確かに中上と抱き合った証《あか》しは、それが現実であったと示すほどに虚しさばかりを募《つの》らせる。

ぐちゃぐちゃだと思った。涙は拭っても、次々ととめどなく溢れ出てくる。

こんなメチャクチャな自分、今すぐに消えてしまえばいいのに。

もう一度、あの歩道橋の階段で目を覚ませばいい。生まれなおせばいい。べつに歩道橋でなくとも、そこの交番の四つ角でも、ここでも、どこでも。

もう一度、もう一度。もう一度。やっぱりそのとき、自分は死ぬのだろうか。『今の自分』という意識の終わりと共に。だとすれば、彼の言うとおり、以前の自分は死んだのかもしれない。

もう、この世にはいない。

彼に愛されたのは、自分ではない。


「え、どういうことです？」

溜め息をつく同僚に、問い返す静良井は何度目だか判らない冷や汗を覚えた。

「だから、その井田《いだ》さんじゃありませんって。スタイルスイートの井田部長です。本当に覚えていないんですか？　サンフランシスコに行く前は、あんなによくしてもらったのに……先週から連絡ないままだって怒ってましたよ」

月は十二月に変わった。

週の終わりの金曜日——曜日なんて、今日が月曜でも火曜でも同じだ。職場での腫物《はれもの》のような立場も、注意を払っていても時折思いがけないミスをやらかすことも、頻度《ひんど》は減ったが変わりない。

先週、席を外している間にかかった電話にすぐに折り返したつもりが、同姓のまるで違う相手にかけていた。どうりで微妙に話が嚙み合わないと感じつつも、普段から連絡の多い取引先だったので疑いはしなかった。

まさか三年ぶりに帰国した関係先の部長からだとは知る由《よし》もない。

紛《まぎ》らわしい同姓がいるならメモに社名くらい書き添えるものだろうけれど、存在すら知らずにいたのは、やはり自分だけの特殊な事情だ。

「す、すぐ連絡します」

静良井は、デスクの傍《かたわ》らに立つ男に応《こた》えた。

「いいですよ、もう。俺が適当に謝っときましたから」

「でも、一応僕からもお詫《わ》びは……いつも、フォローをすみません。ありがとうございます」

「いや……覚えてないのは判ってるんですけどねぇ。静良井さんが今日つけてるそのネクタイ、井田部長のプレゼントですよ」

素直に礼を言うと、居心地の悪そうな顔になった男は、目線でネクタイを指しつつ去って行った。静良井は襟元《えりもと》に手をやる。ネクタイは久遠の見立てたものが多く、今日選んだ臙脂《えんじ》系のものも深く考えずにそうだと思い込んでいた。

すぐに電話をして丁寧に詫びた。『もういいよ』と先方が言ってくれても、とても胸は撫で下ろせない。

「気にすることないですよ～横島《よこしま》さん、大げさに言ってるんですって。嫉妬入ってるのかも」

電話を切ると、向かいの席の女性社員の中野《なかの》がパソコン作業を続けながら言った。

「嫉妬？」

「静良井さん、井田部長のお気に入りでしたからねぇ」

ネクタイなんて、個人的としか思えない贈りものをするくらいだ。実際そうだったのかもしれない。

「もう僕はそんな立場じゃないのに」

嫉妬なら、こっちのほうがよっぽどしている。

自分自身に。

仕事もプライベートも、週末のパーティで笑顔を振《ふ》り撒《ま》いてみても、過去は影となってつきまとう。

孤独な自分も、仕事のできた自分も。どちらも今の虚勢《きょせい》の塊《かたまり》のような自分よりは、よっぽど本気で人に愛され、必要とされていた。

——すべてを知ったわけではないけれど。

住んでいた家さえ特定できれば、疑問は晴れるはずだった。

けれど、むしろ日記を読んで判らないことが増えただけだ。二年前の自分も、それ以前の自分の行動の意図が判らずに、頭を悩ませていた。

単身で誰にも知らせず、あのアパートへ引っ越した理由。日記の記述から見つけた、押し入れに隠された通帳。ライターの僅《わず》かな収入でも暮らしていけたのは、三千万という大金のおかげだ。

久遠は何故、嘘などついたのだろう。

『M』を中上と本気で探していた自分が、久遠の元に戻っていたはずはない。歩道橋で足を滑らせた半年前まで、あの部屋で暮らしていたと考えるのが妥当だ。会社に復職できなかったのも納得がいく。

そもそも引っ越してから記憶を失ったのなら、マンションを出たのは自らの意思で、久遠が捜索願を出した理由は別にあるのではないか。

——何故。

何度も久遠に直接問おうとして言えなかった。嘘がもっともらしいほどに、優しい笑顔の裏が読めなくなった。

裏があるとさえ、これまで思っていなかったのだ。あの、信頼しきった表情で写った数々の写真。事実に相違《そうい》があったとしても、自分の表情に嘘を紛《まぎ》れ込《こ》ませることができるはずがない。

久遠を悪く思いたいだけではないのか。

裏切り者は、自分の癖して——

「リングノート、なんだか懐かしいですね」

昼休みに入り、静良井がバッグから取り出したものを見つめていると、持参の手作り弁当を開きながら中野が言った。

「え……ああ、これね」

読み直すつもりが、表紙を眺めるだけになっていた。

紙に書いた日記は、部屋に三冊あった。唐突とも思える書き出しは、静良井が二十歳のときだ。

二十歳、『M』とは――久遠光彬とはすでに恋仲だった。

「学生のとき、私もよく使ってましたよ」

「そうなんだ？　リングノートってちょっと書きづらいのに、僕も気に入ってたみたいで」

「みたいって……あ、ごめんなさい。そうですよね、忘れてしまえば曖昧《あいまい》ですよね～私もそういうの、ありますあります。『こんな服買ったかなぁ』とか、『あの本読んだっけ』とかしょっちゅうですもん」

言葉に遠慮がないように見えて、気遣ってくる彼女に静良井は微笑む。

「覚えてることは、僕にもあるにはあるんです。ここにリングが当たる感触が嫌だったこととか」

右手の脇を示して苦笑した。

「ああ、たしかに。ルーズリーフのほうがその点、人気でしたね。外せるし、差し替えが効くし。でも私は留め具が嵩張《かさば》るのが苦手で……リングノートだって外すのはできるし」

「……え？」

「書き損じたら、破いちゃえばいいでしょ？」

なにをそんなに戸惑われたのか、判らないといった顔を彼女はした。

リングノートは痕跡《こんせき》なくページを外すことができる。

実は一ヵ所、気になる記述があった。

一冊目の付き合い始めてすぐの日記。静良井は大学生で、内容は取り立てて興味も引かれない、二人で日が沈むまで河原で過ごして帰ったというだけの日だった。

静良井は慌ててページを捲《めく》った。

『そしたら、明日もここで待ち合わせてデートをしようって。あんまり真顔で言うから、約束するのにちょっと照れてしまった。Mって意外にロマンチストなのかな。

「じゃあ、二人で石でも投げあいっこする？」って返したら、「それはちょっと……」って。

「ちょっと」ってなに。散歩やジョギングの人もいるんだから、ロマンチックなことなんて絶対に起こらないと思うけど、』

文はページの最後の行で終わっていて、丸ではなく点。句点ではなく、読点《とうてん》なのが気になった。

読点で終わるような書き方をした日は、ほかにない。

――続きは？

静良井は思った。

この日記には、続きがあったのではないか。

『薬膳《やくぜん》の良い店を紹介してもらったんだよ。君も最近顔色が冴《さ》えないから、疲れてるんじゃないかと思ってね』

電話口の久遠の声は、駅の構内のためか遠く感じられた。新幹線のホームの上り口で、エスカレーターに乗ったところだと実況までしてくる。

仕事が終わったからか、随分と声の機嫌がいい。

週末は金曜の夜から出張だった。チェリーカフェは、出遅れた西日本エリアの店舗数を急速に伸ばしており、久遠も定期的に出張が入る。合間に接待事も加わる久遠のほうが、よほど疲れていそうなものだ。

これから横浜へ戻り、夜には着くという。

「光彬さん、食事もいいけど……実は一緒に行きたいところがあるんだ」

食事に誘われた静良井は、逆に提案した。

意識を電話に奪われ、行き場のない視線は窓辺に向かう。

リビングのベンチソファからは、今日も眼下にパノラマのような街並みが広がる。日暮れの空は、炎でも迫《せま》っているかのようにやけに赤く染まって見え、静良井は無意識に火傷痕《やけどあと》のある右足に手をやった。

耳に押し当てた電話からは、迷いのない声が返ってくる。

『一緒に？　いいよ、真文の誘いならどこへでも』

「この時期に一ツ池《ひとついけ》公園に来るのは初めてかな。君とは毎年のように花見には来ていたけどね」

公園内の道を散策でもするかのような歩調で歩く久遠は、歩みと同じくのんびりとした口調で言った。

師走《しわす》に入っても特にイルミネーションが輝くでもない公園は、人気《ひとけ》も乏《とぼ》しく、街灯の青白い明かりばかりが際立つ。

目的の場所は園内の池のほとりにあり、春には縁日《えんにち》のように賑わっていた場所だった。

今は花どころか葉も失い、垂れ下《たさ》がった枝ばかりが寂しく揺れる木の手前で静良井は足を止めた。

「樹齢三百年の枝垂《しだ》れ桜。老木でそろそろ危ないからって、去年の冬に柵《さく》が作られたらしいよ。写真撮影がしづらくなって、苦情も少しは出たそうだけどね」

並び立つ久遠の反応は冷静だった。

「そうか、残念だよ。いつまでも変わらないでいられるものはないからね」

新横浜で待ち合わせをして、ここまでタクシーで向かった。食事もせずに、見どころも人気もない夜更《よふ》けの公園へ。その時点で、久遠は多くを察していたのだろう。

「……で、わざわざそれを言いに？」

「はい。光彬さん、僕と桜を今年見たってのは嘘でしょう？ ヤマアラシも、調べたら写真の子供が生まれたのはずっと前だった。僕は二年前から、光彬さんの傍《そば》にはいなかった。そうなんでしょう？」

桜を囲む木製の柵に沿い、久遠は池のほうへ数歩歩いた。

枯葉の砕《くだ》ける音。足元に堆積《たいせき》した落ち葉が、微かに鳴って夜の静けさを際立たせる。春はあれほど人々を魅了するとは思えないほど、桜の落葉には美しさも儚《はかな》さもない。

「光彬さん、どうして？」

静良井は答えを求めた。

「いなかったと言ったら、君は空白の時間が気になる。どこにいたのか知ろうとするだろう。どこで、誰と、どうしていたか……きっと知りたがる」

歩道橋の近くに住む中上を、最初から久遠が意識していた理由が判った。

疑いがなくとも、静良井は度々《たびたび》歩道橋に通って自分を探していた。

「知りたいと思うのは当然じゃないかな？ 二年間だけじゃない。もっと前のことも、僕はやっぱり本当のことを知りたい」

肩にかけた普段使いのショルダーバッグから、あのノートを取り出した。

軽く振り返った久遠は、なにより驚いた顔をする。

今はもう、存在しなかったはずの日記。

「住んでた家を見つけたよ。この日記も。僕は小さなアパートに越していて、そこで記憶を失って、一人で淋しく暮らしてた。この日記に書かれた『M』を探しながらね。光彬さん、あなたを探してた」

「……僕を？」

久遠は奇妙な笑いを零した。

有り得ないと言いたげな皮肉めいた笑いの意味が、今は静良井にもおぼろげながら判る。

「『M』は本当はあなたじゃなかったんでしょう？」

問いに、久遠は瞬《まばた》き一つしなかった。

「この一冊目の日記、ページが多く抜き取られてる。一番新しいノートと比べたら、枚数が四分の三くらいしかないんです。サイズは同じでも、表紙の厚みもメーカーも違うから、そういうものかなって思ってたけど……同じノートを探して、新品の枚数を確認しました。書き損じにしたって不自然だ。あなたは『M』になるために、自分に合わない日記を抜いたんじゃないですか？」

疑ってみれば、簡単な細工だった。

リングノートに加えることは不可能だけれど、省いてしまうことはできる。

「日記によると、二十一歳のときにも僕は記憶を失くしてる。光彬さんが毎日病院に見舞いに来てくれたって……そのときに、『M』の振りをしたんでしょう？　あなたは、僕を騙《だま》したんだ」

冷静に訊ねると、そう誓《ちか》っていたけれど、つい言葉に力が籠った。

久遠は怯《ひる》むどころか、こちらをじっと見返し、動かない目元で冷たい夜風に吹かれた前髪が揺れる。

「光彬さん！」

「まるで舞台でも観ているようだ」

「え……」

「君は時々、セリフのように前と一字一句違わないことを言う。同じことをね、あのときも言ったよ。また同じ口から聞かされるなんてね」

ふっと零された笑いは、静良井の感情を波立たせた。

「ふっ、ふざけないでください」

「ふざけてなんかない。感心してるんだ。何度忘れても、君はやっぱり君なんだってね」

落ち葉を踏み鳴らすように数歩歩き、それこそ芝居がかった仕草で久遠は両手を掲《かか》げる。

「そうだよ。僕は途中から君の『M』になった。君を拾ったんだ。道に落ちていたのをね」

「……拾った？」

「言葉どおりの意味だよ。鎌倉方面にドライブに行った帰りだった。あの夜はイライラしてたから、どこをどう走ったかよく覚えてない。仕事がうまくいってなかった頃で、気晴らしに夜中にドライブに出て……道の端に蹲《うずくま》る君を見つけた」

「道の端……」

「そう、最初は車に轢《ひ》かれたのかと慌てたよ。でも、君は無傷で……足に火傷を負《お》っていたけど、治りかけの傷だった。怪我でも酔っ払いでもなく、なのに病院に連れて行ってもなかなか目を覚まさなくてね。起きたと思ったら、名前も年齢もなにも覚えてなかった」

おそらく、人生で何度目かの記憶喪失。

「最初はただの親切心だった。君はひどく心細そうで、病院に連れて行った僕のことを唯一の知人かなにかだと勘違いしていたから、つい話を合わせてしまって……なんとかして、身元を摑まないとと焦《あせ》ったよ。君を見つけた場所にも行った。眺めはいいけど、民家の一つもない淋しい道でね。周辺を歩いても、道路脇に献花《けんか》があったのが唯一の人の気配ってくらいなにもないんだ。もう諦めて帰ろうかってときに、茂みにリュックを見つけた」

「……僕の鞄？」

「ああ、おそらくね」

「だったら、身元もすぐに判ったでしょう？」

「変なリュックだった。カーキの帆布《はんぷ》のリュックなんだけど、懐中電灯や医療品も入ってて、非常用の持ち出し袋みたいな……普通の財布なんかは入ってないんだよ。代わりに通帳やその日記が入ってた」

「通帳って……大金の入った？」

久遠は無関係で、最初から本当に自分のお金だったのか。

「そう。通帳だけじゃなく印鑑も入ってたから、君に注意したんだよ。リスク管理としてどうかと思うって、そしたら君はますます僕のことを信用した様子だった」

簡単に引き出してしまえる大金だ。盗もうともせず、身内のように注意する久遠を、自分は信用したのだろう。

「正直、悪い気がしなかったよ。君は僕自身を見てもいたから。チェリーカフェの二代目ではなく……そんな肩書はどうでもよく懐《なつ》いてくれる君を、僕は愛《いと》しいと感じるようになった。君は美しくて、神様が遣わしてくれた天使だとさえ思った。そのくせ、俗っぽい人間なんだ。僕はお金なんて興味ない。僕が興味を持ったのは、日記のほうだった。君には恋人がいた」

「……M？」

「羨《うらや》ましかったよ。君のような恋人がいて。僕はずっと以前から自分のセクシャリティには気づいていたけど、ひた隠しにしてきたから……一生、恋人なんて作れるはずがないと思ってた」

「だから、探してはくれなかったの？」

『Ｍ』も自分の素性《すじょう》も。

中上は自分と一緒に彼を探してくれた。でも、久遠は探すのではなく、成り代わることを選んだ。

日記を抜き捨て、日記と同じカナリアを飼ってまで。

「罪悪感はあったよ。いつかは話さなくてはと思ってた。だから、二年前に君に同じことを言われて責められたとき、僕は否定しなかった。ちゃんと認めたし、こうやって真実を打ち明けて……君はマンションから出て行ったよ」

自嘲的に笑ってから、久遠はふっと視線を逸《そ》らせた。過去も未来も、桜の梢《こずえ》さえも映し出しはしない、街灯を反射するばかりの池の水面のほうを見る。

石積みのほとりに佇《たたず》み、久遠はしゃがみ込んだ。

「返してくれ」

半分背中を向けたまま、左手だけを突き出す。

「え……」

「こないだ君にあげたネックレスだよ。持ってるなら、返してほしい。もういらないだろう？」

静良井が黙ってコートのポケットから取り出すのを目にすると、「やっぱり、つけてはくれなかったんだ」と苦笑する。

久遠の元へと静良井は歩み寄り、その手に渡そうとした。手の中から先に零れ落ちたチェーンが、振り子のように揺れて鈍く輝く。チカチカと。

なにか注意を引くような瞬《また》きに、ふと気にかかっていたことを思い出した。

「光彬さん、でも……だったらどうして、捜索願を出したの？」

自《みずか》らの意思で出て行ったのなら、行方不明などではない。その後すぐに、記憶を失くしたことも久遠は知らなかったはずだ。

自分を探していたのか。けれど、警察は受理したところで、大きな事件性でもない限り動きはしないし、捜索願が機能するとしたら——

「後悔したんだ。君がいなくなって、一人になって、ひどく後悔した。やっぱり、手を離しちゃいけなかったってね」

「み、光彬さん…っ……」

渡そうとしたネックレスだけでなく、右手ごとぎゅっと摑まれた。

「やり直したいんだ。もう一度、君と。僕の元にいれば、君だってなに不自由なく普通の人と同じに暮らせる」

——捜索願が役に立つのは、自分がすべてを忘れたときだ。

そのとき初めて、彼に連絡がいく。

道端に落ちていたときと変わらず、自分は引き出しを空《から》っぽにして。

「真文、もう次こそ間違えないから」

もう一度、もう一度。もう一度。

何度でも生まれなおす。『今の自分』という意識の終わりと共に、生まれ変わる。ここでも、そこでも、どこででも。

「あ……」

軽く手を引かれただけで、バランスを崩した身は前へと傾《かし》いだ。

中上が言った。記憶を消してしまえばいいと。それは簡単なことだと。

でも——彼はそうしなかった。

体のどこかに痛みが走る。無駄に足掻《あが》いた身を護岸《ごがん》に打ちつけ、静良井は縺《もつ》れ合《あ》った久遠と水柱《みずばしら》を上げた。投げた石のように水面で弾《はず》むこともなく、重い二人の体は底も見えない夜の池の淵《ふち》へともがきながら沈む。

大きな石の塊《かたまり》を、沈め続けているような人生だ。

抱えきれなくなったように、ときどき手放す。ポチャンと。ドボンと。二度と上がってこないと知りながら手を離し、まるで身軽になったように新しい自分を始める。

今日は終わりの日。今日は始まりの日。

また、さようなら。

——まだ。

まだ終わりたくない。

まだ、知りたいことがたくさんある。

ただ一つある。

静良井はもがいた。上へ下へと身が反転して、暗い水中ではどちらが上だかすぐに判らなくなった。水面を求めて手を伸ばす。水底だったのかもしれない。

届かない場所へ。自身にはけして触れることのできないところへと、向かおうとしている感じがした。

水底に沈めた記憶。『僕』の知らない、僕の始まり。

遠退《とおの》く意識の中で光を見た。

いつかの夢。金色に揺れる。あれは誰だったのか。

——『M』とは誰だったのか。

[マスターの恋人を探せ!]

Master no koibito wo sagase!

バイト先のカナリーは、本当言うとドアを開けた瞬間に『これじゃない』と思った。

落ち着いた喫茶店の雰囲気で、昔ながらの純喫茶とは違うものの、カフェともほど遠い。佐《さ》藤《とう》一男《かずお》の働き先の希望は、海の見えるオシャレな明るいカフェだった。

ちなみに、佐藤一男は本名である。たまに偽名と疑われる。全国普通っぽい名前選手権があったら上位に入ると自負《じふ》しているけれど、なにぶん普通っぽい名前なので同姓同名だけでヘタすると軽く二千人くらいいて、２０５３位なんてことになりかねない。ハンデを補《おぎな》うためにも、同姓同名はまとめて一つのエントリーにしてほしいと思う。個人戦ではなく団体戦だ。

個人戦団体戦といえば、高校では剣道部に所属していた。防具の垂《た》れの真ん中には名前がでっかく入る。腰回りに提《さ》げているアレだ。『佐藤』じゃどうにもパッとしないのが嫌でしょうがなかった。伊集院《いじゅういん》や綾小路《あやのこうじ》とまでは言わないけれど、せめて石原《いしはら》とか宮本《みやもと》がいい。どちらもクラスにいそうな名前だから、それくらい望んだってバチは当たらないだろう。

当時、先輩にボヤいたら、「名前なんてただの記号、番号に過ぎないと思え！」とゲキを飛ばされた。「大切なのは中身だ。番号が個性的でも、中身が薄っぺらじゃなんの意味もない。没個性《ぼっこせい》な呼び名でも輝ける人間こそが、真の勝利者だ！」と熱弁を振るわれた。先輩の名前は鈴《すず》木《き》一郎《いちろう》だった。さすが手本となる大スターのいる名の人は言うことが違うと感心した。鈴木一郎が団体戦なら文句なしの勝利だ。

しかし、そうは言っても人生は団体戦ではないわけで、先輩の個人戦の成績は二回戦止まり。『止まり』とつけるのもどうかと思うほど平凡すぎて、正直くだんのセリフも『違うんじゃねーの』と感じ始めた。『結果出してから言えよ』ってやつだ。まぁ、そういう自分は半年持たずに剣道部は辞めたけれど。剣道部なんて、キツイ、苦しい、モテない。見事に３Ｋ、いや中途半端なＫＫＭだった。

話がだいぶ脱線した気がする。

そんなわけでカナリーだ。二十歳の佐藤はまだフリーター歴は二年と短いながら、高校時代のバイトも含め、どこも長続きはせずに終わったので職歴の豊富さには自信があった。しかし、カナリーでなくともカフェのバリスタくらいすぐになれるはずが、どういうわけかことごとく面接に落ちてしまい、高台の喫茶店で妥協《だきょう》することにした。

働いてみると、まぁ悪くはなかった。坂がきつくとも原《げん》チャリで通勤には困らないし、うるさい上司もいない。店主の中上《なかがみ》は五つ年上の二十五歳と若く、とにかく無口だ。無駄話をしない男で、最初は感じた息苦しさも客とのお喋《しゃべ》りで解消された。

洋館のカナリーは遠くからでも無駄に目立つものの、駅から距離があって立地はとにかく悪い。もし自分がカフェを開くとしたら、間違ってもこんな場所は選ばない。中上も後悔しているだろうから言えないけれど、経営センスは微妙だと思う。

客の多い時間帯でも満席になることはなく、だいたいが近所に住む常連客で、同じような顔ぶれだ。午前中は出勤前のサラリーマンやＯＬ、散歩とクロスワードパズルが日課の老人たち、午後は主婦層が集まる。

それから、パソコンや資料を開いて『仕事をしてます』感を醸《かも》し出してくる人もいる。中にはライターだと答えた人もいた。つい昨日の話だ。カフェ雑誌のライターだというので、『店を紹介してもらうチャンス！』と佐藤は色めき立ったのだけれど、中上に阻止《そし》された。

――「ご迷惑じゃないかな」って、店主がそんなに消極的でどうする。

佐藤は内心鋭くツッコミを入れつつも、またしても言えなかった。無愛想な中上はとっつきにくいし、黙り込まれるとなにを考えているのか判らなくて、正直ちょっと怖い。冗談も無礼《ぶれい》講《こう》も通じなさそうな男だ。

前職の美容室では、佐藤は先輩にお客とのコミュニケーションも仕事のうちだと教わった。「お仕事、今日はお休みですか～？」「お休みの日はなにをなさってるんですか～？」は基本中の基本だ。客の仕事や趣味に探りを入れつつ、話を広げる高等話術である。教えてくれた先輩はイマイチ指名の伸びない美容師で、自分も三ヵ月で見習いを辞めたけれど。キツイ、食えない、モテそうなのにモテない。これもＫＫＭだった。

とにかく、喫茶店だって美容室の接客法は生かされるだろうと、愛想のない店主に代わってお客には積極的に話しかけるようにしている。

みんなコミュニケーションべたなのか、反応の鈍《にぶ》い客も多い。でも、地道な努力の甲斐《かい》あって会話に応《こた》えてくれる常連客も増えた。

午後に、週に何度か三人組で来店する近所のおばさん……いや、マダムたちもそうだ。今日もオーダーを取りながら雑談に加わっていたところ、声を潜《ひそ》めて問われた。

「で、彼女はいるの？」

ついにそうきたかと思った。

カウンターに入っていると熱い視線を感じるので、『もしや』とは感じていた。

三十代半《なか》ばから後半の主婦たちは、母親ほど年齢が離れているわけではないけれど、一回り以上年上はだいぶキツイ。しかし、優雅に喫茶店でいつもお茶をするだけあり、エステにネイルにヘアとサロンとつくものは行き尽くしているような小綺麗さはある。この辺りは資産家の大きな屋敷も多く、逆玉の輿《こし》まで検討すれば、無理矢理ストライクゾーンを広げられないこともない。

それ以前の問題が人妻であることも忘れ、佐藤は前向きに検討しつつ答えた。

「今のとこ、彼女いないです。その気がないわけじゃないけど……ほら、忙しくてなかなか出会いがなくって！　今はヘンピな高台のこの店でしょ？　あ、辺鄙《へんぴ》ってのは言い過ぎっすね。僕も駅前でお店出せる資金でもあったら……」

「やだ、サトーくんじゃなくて、マスターのことよ？」

「……え？」

ばっさりと切られて、検討事項は終了した。テーブルのほかのメンバーがフフフッと笑う。

その視線の先は、カウンターで今日もゴリゴリと音を立ててコーヒー豆を手挽《てび》きで挽いている男だ。

「ああ」

佐藤はテンションを下げつつ応えた。

この店のオーナーでありマスターの中上衛《まもる》は、いわゆるイケメンだ。それは佐藤も認めざるを得ないところだ。擦《す》れ違う女子が「今の人、背高かったね」とひそひそし合うような高身長で、よくできた顔は無口の醸し出すクールさも相まって、どこかの漫画から抜け出てきたかのようだ。「今の人、カッコよかったね」とひそひそである。

しかしながら、佐藤は男なので「キュンとする」なんて女性客が言うのを耳にしても、キュンどころかピンともこない。それよりも、平均に微妙に満たない身長の佐藤からすれば、面構《つらがま》えも含め、コンプレックスを刺激するよからぬ生き物だ。

店長のことは嫌いではないけれど、客と一緒にキャッキャするほど好きでもない。それが本音だ。

佐藤はさらっと答える。

「いないんじゃないですかね」

「ウソ、いるでしょ」

「だって、店に来たことないですもん」

「そりゃあ、お店には遠慮してこないんじゃないの～？　ある日急に結婚して、夫婦で営《いとな》む店に変わってたりしてね。自営業ってそんな感じじゃない？」

そうなると余分な店員を置く余裕のないこの店では、自分はクビだろう。大して愛着のある店でもないけれど、バイトも最長記録を更新中で、急に結婚されるのは困る。

「あんなイケメン、誰が放っておくって言うのよ。よく探してみて？　絶対、彼女いるから」

そんな血統書つき迷い犬の飼い主捜索みたいなことを頼まれてもと戸惑いつつも、自分の将来にも関わると知り、佐藤は珍しく言葉少なに頷いておいた。


カナリーの閉店時間は午後六時半だ。

この辺りは静かな住宅街で夜はひっそり、閉店間際に急な坂を上ってくる物好きな客もいないので、佐藤はだいたい六時前には上がる。

けれど、その夜は六時を過ぎてもさりげなく残った。もしかすると、自分のいない閉店前後に恋人はこっそりやって来て、甘い時間を過ごしているのかもしれない。

佐藤は客もいなくなったフロアの掃除をしながら、カウンターを窺う。いつもどおり黙々と器具の手入れをする中上に、表を気にする様子はない。

どうせ明日も使う道具なのだから、コーヒーの粉が残っていようと構わないだろうに、カナリーの店主は手入れを怠《おこた》らない。コーヒーの抽出《ちゅうしゅつ》はネルの管理の面倒なネルドリップで、ミルは無駄に時間のかかる手挽きと効率も悪く、繁盛《はんじょう》させる気があるのか疑う。

コーヒーには拘《こだわ》るくせして肝心《かんじん》の接客はダメダメだ。人の顔を覚えるのも苦手なようで、それも極々一部の常連客に限って覚えない。佐藤がバイトを始めた頃から通うカフェライターの男がそうだ。ほかの常連のお決まりの注文はすべて把握し『いつもの』で通すくせして、中上はその客にだけは毎回注文を訊ねた。

たしかに薄いか濃いかで分ければ、薄い顔をした男だ。女顔というか、面立《おもだ》ちは整っていながらも儚《はかな》げな雰囲気が漂《ただよ》う。好んで座る窓際席では、憂《うれ》いを帯びたような眼差しで遠い海を見つめていたりと、幸《さち》まで薄そうな男だ。

だからといって、綺麗さっぱり忘れるほど存在感は薄くないだろう。

まさか本当にお客を増やしたくないのか。客のニーズに合わせてモーニングを始めるくらいだから、来て欲しくないはずはないのだけれど。

朝が弱い佐藤の出勤は九時だが、店は八時には開いている。中上はそのずっと前からサンドイッチなどの仕込みを始めており、まるで昨夜《ゆうべ》からずっと仕事を続けていたかのように、いつ見てもアイロンの効いたグレーのシャツに黒のパンツ姿だ。それ以外の格好を見たことがない。

——店長もパジャマやスウェットをだらしなく着たりするんだろうか。

佐藤には想像もつかないし、喫茶店の経営も結構なＫＫＭだと思う。キツイ、稼《かせ》げない、モテない——いや、少なくとも近所の主婦にはモテているのか。

そういえば、バレンタインにほかの客からもチョコレートらしきものをもらっていた。佐藤が『ちょっといいな』と思っていた若い女性の常連客だった。いつも世話になっている店のマスターへの義理チョコだろうくらいにしか思っていなかったけれど、よくよく考えれば……いや、考えなくとも、たかが行きつけの喫茶店の店主にチョコレートを用意する義理はないだろう。サービスへの対価はコーヒー代で完結している。

あれが本命チョコなら、今更ながら悔しい。常連の顔も覚えない年中仏頂面《ぶっちょうづら》の素《そ》っ気《け》ない男がモテるなんて、納得がいかない。だいたい世の中はイケメンに甘すぎる。

恋人がいるなら、やはりなんとしてでも突き止めねば。

佐藤は決意も新たにした。なにも知らないピュアな女子が惑わされそうになったら、『こう見えても飼い犬なんですよ～』と拾わないよう注意勧告《かんこく》しなくてはならない。

犬でいうと中上は大型犬、ドーベルマンやグレイハウンドなどのしなやか敏捷《びんしょう》系辺りか。マイナーどころならローデシアン・リッジバックも当てはまるかもしれない。佐藤は犬好きで、トリマーになろうとしたこともあったので犬種《けんしゅ》にはちょっと詳しい。キツイ、噛まれる、モテない（犬にも）のＫＫＭで、そこも三ヵ月と持たなかったけれど。

いつの間にか恨みがましさも加わった眼差しをチロチロと向けていると、中上が視線に気づいた。

「佐藤くん、まだ帰らないの？　掃除はいつもどおり俺がやるから上がっていいよ」

テーブルを形ばかり拭《ふ》いていたダスターをぎゅっと握りしめ、佐藤は負けじとカウンターの男を見返す。

脈絡もなく尋ねた。

「店長って、付き合ってる人とかいるんすか？」

バイトの長続きしない佐藤には、辛抱《しんぼう》強く水面下で調べるような根気はなかった。


「えー、ご報告します。付き合ってる人はいませんでした〜」

翌日、早速マダムグループに知らせたところ、反応はよくなかった。「昨日、本人に訊いてみたんで間違いないです」と信憑性《しんぴょうせい》を高めるべく言うも、『間違いしかない』とでも言いたげな溜め息が返る。

「それは、ただのバイトくんに本当のことは言えなかったんじゃないかしら？」

『ねぇ』と相槌《あいづち》を求められ、テーブルのほかの二人も頷く。いつでも団体戦のマダムは手強《てごわ》い。

『ただの』と強調された部分も気になったけれど、「やっぱり結婚話はサトーくんも急に聞かされそうね〜」なんて言われちゃそれどころではない。

事は静かに地下だか水面下だかで進行しているのかもしれないのだ。

「判《わか》りました。俺が必ず探します。店長の恋人を」

そんなわけで、その後も中上と店を出入りする客には目を光らせ続けることにした。

季節は桜咲く春。日に日に暖かさも増し、ちらほらと新規の客も増えてはいる。けれど、散歩の距離の伸びたご老人や、近くに越してきた家族連れで、疑わしい相手はいない。変わったと言えば、カフェライターの男の顔をようやく中上が覚え、会話を交わすようになったことくらいだ。

どういう経緯《けいい》か、おそらくコーヒーの話で意気投合でもしたのだろう。

中上は豆の話となると、普段の無口が嘘のように語るときがある。佐藤はコーヒーはインスタントで充分という興味の薄さで、豆に詳しくなるよりも、もっとシンプルに人を感動させるのが夢だ。ようするに、ラテアートなんかの達人になって女の子にキャアキャア言われたい。

今のところ、アートを描けるレベルに至っていないけれど。

まぁとにかく、代わりに豆の話を聞いてくれる人が現われたのは歓迎だった。

カフェライターの名は静良井《しずらい》と言う。

なかなかの珍しい姓だ。剣道の防具の垂れに入るのを想像し、自分も『静良井』だったら、『試合に出られるくらいまでは剣道部も続いたかもなぁ』とぼんやり高校時代を振り返ってみたりした。

中上の恋人のほうは、ひと月が過ぎても一向に確認できない。『やっぱりいそうにない』と経過報告しようとした頃、ちょっとした変化が中上にあった。

相も変わらず客の途絶えた閉店前の時刻。いつもならスケジュール機能でもセットされた家電みたいに黙々と器具の手入れを始める中上が、カウンター席に軽く腰をかけ本を見ていた。

そして、微笑《ほほえ》んだのだ。

わけもなく笑う中上など、初めて見た。

A4サイズの本は静良井が記事を書いているカフェ雑誌だ。佐藤が昨日本屋で見つけて購入し、店に持ってきた。古本屋は本屋じゃないとか言っていたくせして、随分熱心に見ている。佐藤もパラパラと読んではみたけれど、ニヤつく要素はまるでない雑誌だった。静良井の紹介するカフェへは素直に行ってみたくなったものの、特に仏頂面を緩《ゆる》めるようなポイントはなかったはずだ。

もしや、思い出し笑いなのか。

わけもなく顔が笑ってしまう気分は、佐藤も覚えがある。高校時代、好みの子と付き合えたときがそうだった。友達が紹介してくれた女子高の子で、一目惚れを実感するほど可愛くてドストライク、よく喋る佐藤を楽しくて好きだと言ってくれた。

天にも昇る気分だった。デートの約束を書き込んだカレンダーを見つめては顔を緩ませ、彼女の笑顔を思い出してはデレデレになり、赤点のテストの答案用紙を前にしたって笑った。

どうしてか交際は長続きしなかったけれど。部活やバイトと違い、彼女とはもっと付き合いたかったのに三ヵ月で振られた。やっぱり学生の本分は勉強だからと言われてお友達に戻ったのに、しばらくして街で見かけた彼女は高身長のイケメンと仲睦《むつ》まじく歩いていた。

まぁ、振られた理由はこの際どうでもいい。

中上の理由なき笑みは、あのときの自分を彷彿《ほうふつ》とさせる。最近、なんとなく以前より表情が柔らかくなった気はしていた。カフェライターの静良井との話の合間だったので、コーヒー談義の好影響くらいにしか受け止めていなかった。

知らない間に恋人ができたのかもしれない。

うっすらと芽生《めば》えた疑惑が確信へと変わったのは、それから少し経ってのことだった。

「こ、これは……」

中上に頼まれ、行きつけのビーンズショップに出向いたときだ。佐藤は買い物メモを手に唸り始めた。

自焙煎《じばいせん》ではないカナリーでは、専門店で焙煎した豆を購入してブレンドしている。現地買いつけの希少種《きしょうしゅ》まで取り扱い、焙煎の度合いも細やかな指定の可能なビーンズショップだ。

配達も頼んではいるけれど、新鮮さを保つには少量ずつの注文になりがちで、足りなくなるとおつかいを頼まれた。佐藤は『その辺のスーパーだって豆くらい売ってるのに』とボヤキながらも、中上の拘りに付き合っている。

「どうしたの？　コロンビア・スプレモとグアテマラ・サンタカタリーナを追加だったよね？」

「ああ、はい。すんません、それで」

相変わらず豆の違いは理解不能ながら、おつかいは滞《とどこお》りなく完了した。茶色い紙包みを大事そうに抱き、店の前に停めた原付《げんつき》バイクに向かう。ローストしたての豆はほんのりと温かく感じられ、外の空気も結構な陽気だった。

季節はもう五月半ばで、雲一つない晴天の日差しは風の爽《さわ》やかさがなければ暑いくらいだ。

佐藤は、ウインドブレーカーのポケットから取り出したメモを再確認した。

気になったのは内容ではなく、紙だ。さっきまで無造作に握っていたメモ用紙の端を、指紋でも気にする証拠品かなにかのように摘《つま》んで掲《かか》げ持つ。

「間違いない。横浜わくわく動物園の土産グッズだ」

一見地味なライトグレーの紙は、象のイラストが透《す》かし絵になっていた。隅には『Yokohama Wakuwaku Zoo』の文字。見覚えのないブロックメモは、今朝出勤したらレジカウンターに置かれていたものだ。

店に戻った佐藤は、迷わず訊ねた。

「店長、動物園に行ったんすか？」

午後のカナリーは客が三組ほどいて、カウンターでコーヒーをドリップ中の男は反応も鈍《にぶ》く応えた。

「……ああ、まぁ」

「へぇ、もしかしてカナリアもその影響で買ってきたとかですか？」

「近くにバードカフェがあってね。そこで販売してたんだ」

「ふーん、カフェですか。いいっすね」

——やっぱり間違いない。

カナリーは月曜から土曜まで営業しており、中上が行けるのは店休日の日曜しかない。日曜の動物園なんて、カップルとファミリーが猿山の猿より群れを成すくらいで、帰りにカフェに寄るなどもうデート以外の何物でもないだろう。

女がいる。

目を光らせていたつもりだっただけに、気づかずショックだ。普通、彼氏が喫茶店を経営しているとなったら来店したがるものだろう。

客としてではなく、休みに遊びにきているのかもしれない。佐藤はぐるりと店内を見渡した。このどこかの席に中上の恋人が座り、知らぬ間に中上の淹《い》れたコーヒーを飲んでいるのかもと思うと、居ても立ってもいられないような焦燥感《しょうそうかん》に駆られる。二人して仲良く開き見る雑誌が、ゼ○シィに変わる日だってそう遠くないかもしれないのだ。

——張るか。

ヒマなので日曜日に店をがっつり見張れないこともないけれど、虚《むな》しいので却下した。

佐藤自身は、もうずっと彼女がいない。テレビ番組に影響され、高校卒業を機に憧《あこが》れのシェアハウスに住んだものの、男女の愛憎渦巻《うずま》く三角四角関係に悩まされるどころか、入居者は野郎ばかりで色恋沙汰《ざた》とは縁遠くなる一方だ。

ともかく、中上の彼女を拝《おが》めるチャンスは乏《とぼ》しいながら証拠はほしい。営業時間に店にきたら一目で気づけるよう、情報集めに一層《いっそう》力を入れることにした。

——ワンチャンでも巡《めぐ》ってきたときが勝負だ。

「店長の好みの女の子のタイプってどんなですか～？」

客のいなくなった閉店間際、ぐいっとテーブルを拭きながら、佐藤はまたしても脈絡《みゃくらく》もなく訊ねた。

「……急にどうして？」

カウンターで食器を洗う男は、さすがに怪訝《けげん》な眼差しだ。

「いや、後学のために聞いてみたいなぁ～なんて。喫茶店の店長に好まれる女の人がどんなか興味あるじゃないですか。あ、ただの好奇心じゃなくてですね。えー、仕事先を深く知ることによって、その店の癖……いや、個性を学べば接客に生かすことができると思うんすよ。で、スレンダーとグラマラスはどっちが好きです？」

今一つ説得力に欠ける屁理屈《へりくつ》は、美容室の話術の応用編だ。

取っつきにくいわりに警戒心が強いわけでもないらしい男は意外にも素直に応じた。単に、嘘をつくのが不得手《ふえて》なのか。

「……スレンダーかな」

「黒髪と茶髪は？」

「……茶髪。それって、本当に役立つの？」

「たちます、たちます。バッチリです」

佐藤は答えやすい二択を繰り出しつつ、徐々に核心《かくしん》へと迫っていく。これはアンケート調査のバイトをしたときに覚えた手法でもある。

細身で茶髪。ショートカットで色白。年上もオッケーで、趣味は近いほうが話が弾《はず》みそうでよい。かといって普段はお喋りということもなく、窓際の席で一人静かにコーヒーを味わう姿がよく似合う。たまに横顔にハッとなって見つめてしまいたくなるような、控《ひか》えめな美しさを醸し出す人がいい——

もやっと心に霧のようなものが立ち込めた。まだ見ぬはずの中上の恋人にもかかわらず、やけに馴染《なじ》みがある。

拭き終えたばかりの窓際のテーブル席にじっと視線を送れば、以前からそこを気に入りにしている客の姿が頭をよぎった。

「それって……静良井さんじゃないすか？」

佐藤の問いに、中上はつるっとカップだかソーサーだかをシンクに落とした。幸い割れた音ではなかったけれど、珍しい。

バイトに入ってからというもの、結構な頻度《ひんど》で佐藤は食器を落としているが、寡黙《かもく》で慎重な店長が手を滑《すべ》らせるのは初めてだ。

「……あの人は男だろう？」

「あっ、すいません。静良井さんみたいな女の人って言おうとしたんすけど……ようするに地味目の美人で、脱いだらスゴイみたいなタイプですよね？　あ、スレンダーがいいんでしたっけ、貧乳《ひんにゅう》好きっすか？」

「いや、べつにそういうわけじゃ……」

「いいじゃないすか、貧乳。俺も嫌いじゃないっすよ」

へらっと笑っておく。同調で仲間意識を深めるのも、他人と距離を縮《ちぢ》める極意のはずだったけれど、どういうわけかひんやりと空気が冷えた気がした。

「佐藤くん、好きなタイプなんだ？」

元から滅多《めった》に笑わない男にもかかわらず、見据える真顔の眼差しがなんだか怖い。

「えっ、静良井さん？　ま、まぁ、女だったらの話ですよ？」

無害をアピールすべく、佐藤はもう一度へらりと笑い、中上は真顔を崩さないまま訂正した。

「……そうだな。性別が違ったらの話だ」

有力情報に浮かれた気分は、長くは続かなかった。

苦手な早起きを克服して開店の八時に出勤し、帰りは閉店間際まで。フルで働いて待てど暮らせど静良井似の女性客は現れず、それどころか静良井自身も店に現れなくなった。

一週間ほどとはいえ、週に何度もきていた男がこなくなると違和感がある。

カナリアばかりが元気に二階から鳴き声を響かせ、店長の中上も心なしか覇気《はき》がない。まさか秘密の恋人と上手くいっていないのか、コーヒーの話ができる静良井がこないせいか。あるいは両方。

そもそも、恋人の有無《うむ》に関係なく、中上には知人が少なすぎるのだ。

店を始めたとなったら普通は友人知人が大挙《たいきょ》して押し寄せ、売上に貢献するものだろうにその気配もない。なんとも情けない限りだ。人望の厚い自分ならば、店をやったら百人は余裕で集まるのにと思った。たぶん。理論上は——メアドとSNSのお友達アカウントの数上は。

店に身内がこない理由は知っている。

わりと早いうちに佐藤は気になって尋ねた。中上に両親兄弟はおらず、育ててくれた祖母も他界してしまったらしい。このときばかりは素直に同情した。佐藤は結構なおばあちゃんっ子で、まだ実家で健在の祖母がいなくなるなど考えただけで胸が苦しくなる。

昔からよく喋る騒がしい子供だった佐藤は、両親にも姉にも『うるさい』と言われた。でも、祖母だけはいつもニコニコと笑って話を聞いてくれた。「一男《かずお》のひと月分のお喋りが、わたしの一年分くらいかねぇ」なんて言いながら。孫とは正反対の物静かな祖母だ。

常連客のマダムグループがきっかけとはいえ、寡黙な店長が気になるのもそのせいかもしれない。

「店長と仲良くしてやってくださいよ」

久しぶりに顔を見せた静良井に、そんな風に言ってしまったのも。

来店したのは正午を回った頃だった。このところカウンター席だったのに、中年の男性客が一人いるのが気になるのか、元の気に入りの窓際に座った。中上との会話に耳をそばだてたところ、どうやらライターの仕事が忙しくて来られなかったらしい。

佐藤はアフターコーヒーを運びがてら、いつものサービスのつもりの雑談を振った。もはや孫を見守るおばあちゃんのような目線まで加わり、中上と仲良くしてくれるようアピールしておく。

未だ恋人は謎のままだけれど、静良井以上に豆の話についていける変わり者はそうそういないだろう。

「ごゆっくり」

慈愛《じあい》の眼差しで佐藤がテーブルを離れようとしたそのとき、静良井がシャツの胸ポケットからリングメモを取り出した。仕事のメモでも取るつもりだったのか知らないけれど、気になったのはその内容ではなく紙だ。

グレーのメモ帳のイラストは象で、ブロックメモに似ている。『Yokohama Wakuwaku Zoo』の文字こそ確認できないけれど、明らかに動物園の同シリーズのグッズに違いなかった。

「しっ、静良井さん、もしかして動物園に行ったんすか？」

「ああ……うん、久しぶりにね」

「い、いつ？」

「……最近かな。もういい？　ちょっとメモを取っておきたいことがあってさ」

人当たりが良さそうに見えて、意外に中上よりも警戒心の強い男だ。さり気なくシャットアウトされ、佐藤はすごすごと退散しつつも、頭の中は混乱していた。

いい歳した男が二人、偶然同じ時期に動物園に行ったなんて有り得るだろうか。数ある土産物の中で、同じ象のグッズを購入する確率はどのくらいだ。

実家にいた頃は、祖母の好きな刑事ドラマの『片棒』をよく一緒に見ていた。佐藤は細かいことは気にしない大雑把《おおざっぱ》……いや、大らかな性格だが、この件に関しては違った。

中上が動物園に一緒に行った相手を、静良井と仮定してみよう。

静良井がそっくり好みのタイプで、静良井が書いたカフェ紹介の記事を読んで微笑み、静良井と豆の話で意気投合、魂が震えるほどのシンパシーを感じたと想像してみる。

「……あ」

佐藤はフロアの真ん中で直立不動になり、小さな声を上げた。

『俺としたことが』である。


「えー、ご報告します。やっぱり付き合ってる人はいませんでした～」

午後三時、やってきたマダムグループに久しぶりの報告をしたところ、相も変わらず疑わしげな反応をされてしまった。

「だって、恋人がいる男が、男同士で動物園に行ったりしますか?」

佐藤の推理力で得た結論はこうだ。

見た目に反し、恋人いない歴イコール年齢というような非モテであった中上は、理想の顔や雰囲気の静良井と親しくなり、模擬《もぎ》デートを楽しむことにしたに違いない。恋人でもない男とデートなんて虚《むな》しさこの上ないけれど、高校時代に剣道の防具袋を彼女に見立ててキスの予行演習をしていた佐藤は気持ちは判らなくもない。

イケメンも一皮剝《む》けば、ただの男。そう思えば親近感も湧こうというものだ。

二ヵ月ほどに及んだカナリーの店長の恋人探しは、そんなわけで空振《からぶ》りに終わった。マダムたちは佐藤の報告をまだ疑っているようだけれど、少なくともお気に入りの喫茶店がすぐに夫婦経営に変わることはなさそうだと知り、ホッとしたようだ。

カナリーのカウンターには、今日も目の保養のイケメン二人――と言いたいところだけれど、イケメン一人とフツメンが一人。

夕方にはめっきりと客足の途絶える店も、日が長くなってきたせいか遅くまで残る客も出てきた。その日、最後の客が店を出たのは、閉店時間を少し過ぎた頃だ。

心なしか……いや、明らかに焦《あせ》った様子で中上は後片づけを始めた。

「今日、なんか用事でもあるんすか？」

「ああ……まぁ、ちょっとこれから大桟橋《おおさんばし》に行くことになってね」

大桟橋の客船ターミナルと言えば、周辺の夜景も美しく観光客やカップルに人気のスポットだ。焦るからには誰かとの約束だろう。

中上が、帰り際の静良井とレジで話し込んでいたのを思い出した。

「俺、そっちの片づけも手伝いますよ」

自然とそんな言葉が、佐藤の口を突いて出る。けして、イケメン店長もおひとりさまであったと知り、仲間意識が芽生えたとかではない。自分は彼女の有無で態度を変えるような器の小さな人間ではないけれど、とにかく困ったときはお互い様だ。

一刻も早く店を閉められるように、黙々と作業を手伝った。

日頃から使い捨てのペーパーでいいのにと密《ひそ》かに思っているドリップ用のネルも、水を張った容器に丁寧に並べて冷蔵庫に収める。乾燥しても、使用の際の絞《しぼ》りが悪くても、コーヒーの味が落ちるという厄介《やっかい》な代物《しろもの》だ。

「佐藤くん」

エプロンを外し、奥のロッカーのある場所へ向かおうとすると呼び止められた。

差し出されたのは五月分のバイト代だ。といっても、現金ではすぐに使ってしまいかねない佐藤は振り込みにしてもらっており、封筒の中身は明細だけのはずだ。

受け取ると、妙に厚みがあった。

「店長、これ……」

明細とは別に現金が入っていて目を瞠《みは》る。

「最近、朝も頑張ってきてくれてたし。あと、今月でちょうど一年だろう？」

カウンター越しに手渡した男は、目を逸《そ》らし加減にしながら「ボーナスって言うには、寸志《すんし》程度なんだけどね」と照れくさげに告げる。言われて見れば、カナリーにバイトに入って今月でちょうど一年だ。

一見、無関心そうな店長が覚えてくれていたことにも、自分が一年も一ヵ所で働けている事実にも驚いた。

「なんか、気ぃ使ってもらってすんません。ありがとうございます」

「君がいてくれて助かってるよ。おつかれさま」

佐藤がぺこっと頭を下げて去ろうとすると、中上が珍しくはにかんだ笑みを寄越した。目線はやっぱり合わせようとしないけれど、もしかして無愛想なのではなくシャイなのか。

あまりにも自分とはかけ離れた気質なので気づかなかった。

佐藤は胸の辺りを押さえた。

「……なに、今の」

心臓がキュンと縮んだ感じがした。

——いやいや、そんなまさか。

擬似恋愛なんてする物好きは店長だけで充分だ。早いところ、彼女を見つけておひとりさまを脱しないと自分も病《や》んでしまいかねない。

なにはともあれ、思った。

カナリーは、かなり、気に入っている。

初めての３Ｋだ。

あとがき

AFTERWORD

―砂原糖子―


皆さま、こんにちは。はじめましての方がいらっしゃいましたら、はじめまして。

久しぶりの文庫でドキドキです。続きものにもかかわらず果敢に手に取っていただき、ありがとうございます！　お話は最後まで書き上がっておりますので、どうぞご安心ください。

この話は小説ディアプラスで一年間連載させていただいたものです。

意外なきっかけと、類《たぐい》まれな幸運で生まれました。始まりは、私が受けた洋ドラの洗礼です。『なんだか面白そうな話がたくさんあるけど長いので入りにくい』というのが、私の海外ドラマへの長年の印象だったんですが、久しぶりに動画配信で観て嵌《は》まってしまいました。

この場合の『嵌まった』とは『ハマった』などという軽いものではありません。そう、洋ドラは入りにくいだけでなく、『入ったら出られない』ものだったんです。恐ろしい！

雑誌のコメントでも触れたところ、タイトルが知りたいとアンケートでご質問をいただきました。『アンダー・ザ・ドーム』です。スティーブン・キング原作の設定に興味を引かれ、仕事明けに夕飯を食べながらなにげなく見始めたところ、のん気に構えていられたのは最初のうちだけでした。とにかく各話に区切りがないんです。「えー、ここで!?」という場所で容赦《ようしゃ》なくぶったぎってくる洋ドラ。抜かりなく強烈な引き。停止ボタンが押せないまま、気がついたら朝の五時でした。「あと一話でファーストシーズン終わるから……そしたらそれなりに話がまとまったところで終わってくれるはず……」と、朦朧《もうろう》としつつ迎えた最終回。終わらないんです。普通に強烈……もはや凶悪にぶったぎり、「セカンドシーズンへ続く！」です。呆然とする私。思えば、これまで見た数少ない洋ドラは「Ｘ－ファイル」などの単話系でした。「え、アメリカの視聴者、これで大人しく翌年まで待つの？　日本だったら抗議の電話鳴りっぱなしよ？　酷《ひど》い目に遭《あ》ったわ〜」と布団に入り、何故かタブレットを開いてしまう私。セカンドシーズンのスタートです。

当然、寝落ちでした。ボロボロの目覚め。「ホント酷い目に遭ったわ〜もうしばらく観ないから。さよならドーム！」と賢明な判断でお昼ご飯を食べ始め、「とりあえず、食べてる間だけ観よ」と何故かテレビを点《つ》ける私。サードシーズンへ向け、淀《よど》みないスタート。二日目も徹夜です。

結局、三十九話を三日で観ました。（用事のあった一日を除く。それにしても酷い）

仕事はなかったとはいえ疲労感は半端《はんぱ》なく、実はお話も後半はグダグダで……でも、久方《ひさかた》感じたことのない興奮を覚えました。続きが観たくて辛抱《しんぼう》たまらん！という興奮です。

もうお忘れかもしれませんが、このコーナーは「海外ドラマ体験記」ではなく、ＢＬ小説の後書きです。そんなわけで、続きものの楽しみを思い出した私は、「『続く』がある話いいなぁ。でも、連載を書かせてもらえる場所なんてないし」ともやもやしていたところ、ディアプラスさんで連載の掲載予定があると幸運にも知り、飛びつかせていただきました。

年四回の雑誌で続きは三ヵ月後というのんびりペースにもかかわらず、リアルタイムでもお付き合いくださった皆さま、本当にありがとうございます。アンケートやツイッターなどでいただいたご感想にもとても励《はげ》まされ、どうにか完走することができました。

文庫はそれぞれに書き下ろしが入ります。今回のバイトの佐藤《さとう》くんの小話も、ちょっぴり本篇に絡《から》んできますので読んでいただけると嬉しいです。長々と書かせてもらいながら、雑誌では書ききれなかった部分もありましたので、書き下ろしも含めて一つのお話になっています。

幸運続きで形になったこの本、葛西《かさい》リカコ先生に描いていただけたのも素晴らしい幸運です。静良井《しずらい》や中上《なかがみ》や久遠《くおん》のいる世界を余すところなく表現してくださって、ずっとイラストのイメージに背中を押してもらっている感じでした。ありがとうございます。たくさん描いていただき恐縮しきりですが、文庫で新たなイラストを拝見できるのを楽しみにしています！

多くの方のご助力をいただき、こうして文庫になりました。

手に取ってくださった皆さま、本当にありがとうございます。

連載もののじれったさを楽しみに変えられたらと全力で励んだ作品です。どうか少しでも楽しんでいただけますように。そして、続きでもまたお会いできますよう！

２０１８年５月

砂原糖子

この本を読んでのご意見、ご感想などをお寄せください。
砂原糖子先生・葛西リカコ先生へのはげましのおたよりもお待ちしております。

〒113-0024　東京都文京区西片2-19-18　新書館
[編集部へのご意見・ご感想] ディアプラス編集部「心を半分残したままでいる 1」係
[先生方へのおたより] ディアプラス編集部気付　○○先生

-初出-
心を半分残したままでいる　act 1：小説DEAR+17年ハル号（Vol.65）
act 2：小説DEAR+17年ナツ号（Vol.66）
マスターの恋人を探せ！：書き下ろし

[こころをはんぶんのこしたままでいる 1]
心を半分残したままでいる 1

著者：砂原糖子 すなはら・とうこ

初版発行：2018年6月25日

発行所：株式会社 新書館
[編集] 〒113-0024
東京都文京区西片2-19-18　電話（03）3811-2631
[営業] 〒174-0043
東京都板橋区坂下1-22-14　電話（03）5970-3840
[URL] http://www.shinshokan.co.jp/

印刷・製本：株式会社光邦

ISBN978-4-403-52452-3

札幌の休日 全4巻 イラスト北沢きょう
東京の休日 全2巻 イラスト北沢きょう
夕暮れに手をつなぎ イラスト青山十三
恋をひとかじり イラスト三池ろむこ
友達に求愛されてます イラスト佐倉ハイジ
特別になりたい イラスト陵クミコ
家で恋しちゃ駄目ですか イラストキタハラリイ

✤菅野 彰 すがの・あきら

眠れない夜の子供 イラスト石原 理
愛がなければやってられない イラストやまかみ梨由
17才 イラスト坂井久仁江
恐怖のダーリン♡ イラスト山田睦月
青春残酷物語 イラスト山田睦月
なんでも屋ナンデモアリ アンダードッグ ①② イラスト麻生 海
小さな君の、腕に抱かれて イラスト木下けい子
レベッカ・ストリート イラスト珂弐之二カ
泣かない美人 イラスト金ひかる
おまえが望む世界の終わりは イラスト草間さかえ
華客の鳥 イラスト珂弐之二カ
色悪作家と校正者の不貞 イラスト麻々原絵里依

✤砂原糖子 すなはら・とうこ

斜向かいのヘブン イラスト依田沙江美
セブンティーン・ドロップス イラスト佐倉ハイジ
純情アイランド イラスト夏目イサク（※定価651円）
204号室の恋 イラスト藤井咲耶
言ノ葉ノ花 イラスト三池ろむこ
言ノ葉ノ世界 イラスト三池ろむこ
言ノ葉ノ使い イラスト三池ろむこ
恋のはなし イラスト高久尚子
恋のつづき 恋のはなし② イラスト高久尚子
虹色スコール イラスト佐倉ハイジ
15センチメートル未満の恋 イラスト南野ましろ
スリープ イラスト高井戸あけみ
スイーツキングダムの王様 イラスト二宮悦巳
セーフティ・ゲーム イラスト金ひかる
恋惑星へようこそ イラスト南野ましろ
恋愛できない仕事なんです イラスト北上れん
愛になれない仕事なんです イラスト北上れん
恋はドーナツの穴のように イラスト宝井理人
恋じゃないみたい イラスト小鳩めばる
全寮制男子校のお約束事 イラスト夏目イサク
恋煩い イラスト志水ゆき
リバーサイドベイビーズ イラスト雨隠ギド
世界のすべてを君にあげるよ イラスト三池ろむこ
毎日カノン、日日カノン イラスト小椋ムク
心を半分残したままでいる① イラスト葛西リカコ

✤月村 奎 つきむら・けい

believe in you イラスト佐久間智代
Spring has come! イラスト南野ましろ
step by step イラスト依田沙江美
もうひとつのドア イラスト黒江ノリコ
秋霖高校第二寮 全3巻 イラスト二宮悦巳
エンドレス・ゲーム イラスト金ひかる（※定価682円）
エッグスタンド イラスト二宮悦巳
きみの処方箋 イラスト鈴木有布子
家賃 イラスト松本 花
WISH イラスト橋本あおい
ビター・スイート・レシピ イラスト佐倉ハイジ
秋霖高校第二寮リターンズ 全3巻 イラスト二宮悦巳
レジーデージー イラスト依田沙江美
CHERRY イラスト木下けい子
恋を知る イラスト金ひかる
おとなり イラスト陵クミコ
ブレッド・ウィナー イラスト木下けい子
すき イラスト麻々原絵里依
恋愛☆コンプレックス イラスト陵クミコ
不器用なテレパシー イラスト高星麻子
嫌よ嫌よも好きのうち? イラスト小椋ムク
teenage blue イラスト宝井理人
50番目のファーストラブ イラスト高久尚子
恋する臆病者 イラスト小椋ムク
すみれびより イラスト草間さかえ
Release イラスト松尾マアタ
遠回りする恋心 イラスト真生るいす
恋は甘くない? イラスト松尾マアタ
ずっとここできみと イラスト竹美家らら
それは運命の恋だから イラスト橋本あおい

✤椿姫せいら つばき・せいら

この恋、受難につき イラスト猫野まりこ

✤鳥谷しず とりたに・しず

スリーピング・クール・ビューティ イラスト金ひかる
流れ星ふる恋がふる イラスト大槻ミウ
恋の花ひらくとき イラスト香坂あきほ
恋色ミュージアム イラストみずかねりょう
新世界恋愛革命 イラスト周防佑未
神の庭で恋萌ゆる イラスト宝井さき
その兄弟、恋愛不全 イラストCiel
契約に咲く花は イラスト斑目ヒロ
恋よ、ハレルヤ イラスト佐々木久美子
探偵の処女処方箋 イラスト金ひかる
溺愛スウィートホーム イラスト橋本あおい
お試し花嫁、片恋中 イラスト左京亜也
兄弟ごっこ イラスト麻々原絵里依
紅狐の初恋草子 イラスト笠井あゆみ

✤名倉和希 なくら・わき

はじまりは窓でした。 イラスト阿部あかね
耳たぶに愛 イラスト佐々木久美子
戸籍係の王子様 イラスト高城たくみ
夜をひとりじめ イラスト富士山ひょうた
ハッピーボウルで会いましょう イラスト夏目イサク
神さま、お願い〜恋する狐の十年愛〜 イラスト陵クミコ
愛の一筆書き イラスト金ひかる
手をつないでキスをして イラストCiel
恋の魔法をかけましょう イラストみずかねりょう
恋のプールが満ちるとき イラスト街子マドカ
純情秘書の恋する気持ち イラスト佳門サエコ

✤凪良ゆう なぎら・ゆう

ニアリーイコール イラスト二宮悦巳

✤ひのもとうみ ひのもと・うみ

きみは明るい星みたいに イラスト梨とりこ

✤宮緒 葵 みやお・あおい

奈落の底で待っていて イラスト笠井あゆみ

✤夕映月子 ゆえ・つきこ

天国に手が届く イラスト木下けい子
てのひらにひとつ イラスト三池ろむこ
京恋路上ル下ル イラストまさお三月
王様、お手をどうぞ イラスト周防佑未
恋してる、生きていく イラストみずかねりょう

✤渡海奈穂 わたるみ・なほ

甘えたがりで意地っ張り イラスト三池ろむこ
ロマンチストなろくでなし イラスト夏乃あゆみ
神さまと一緒 イラスト窪スミコ
マイ・フェア・ダンディ イラスト前田とも
夢は廃墟をかけめぐる☆ イラスト依田沙江美
恋になるなら イラスト富士山ひょうた
さらってよ イラスト麻々原絵里依
正しい恋の悩み方 イラスト佐々木久美子
手を伸ばして目を閉じないで イラスト松本ミーコハウス
ゆっくりまっすぐ近くにおいで イラスト金ひかる
兄弟の事情 イラスト阿部あかね
恋人の事情 兄弟の事情2 イラスト阿部あかね
未熟な誘惑 イラスト二宮悦巳
たまには恋でも イラスト佐倉ハイジ
カクゴはいいか イラスト三池ろむこ
夢じゃないみたい イラストカキネ
その親友と、恋人と。 イラスト北上れん
恋でクラクラ イラスト小鳩めばる
いばらの王子さま イラストせのおあき
厄介と可愛げ イラスト橋本あおい
運命かもしれない恋 イラスト草間さかえ
絡まる恋の空回り イラスト斑目ヒロ
ご主人様とは呼びたくない イラスト栖山トリ子
俺のこと好きなくせに イラスト金ひかる
さよなら恋にならない日 イラストみずかねりょう
かわいくしててね イラスト三池ろむこ